余命0日の僕が、死と隣り合わせの君と出会った話

森田碧

ポプラ文庫ピュアフル

目次

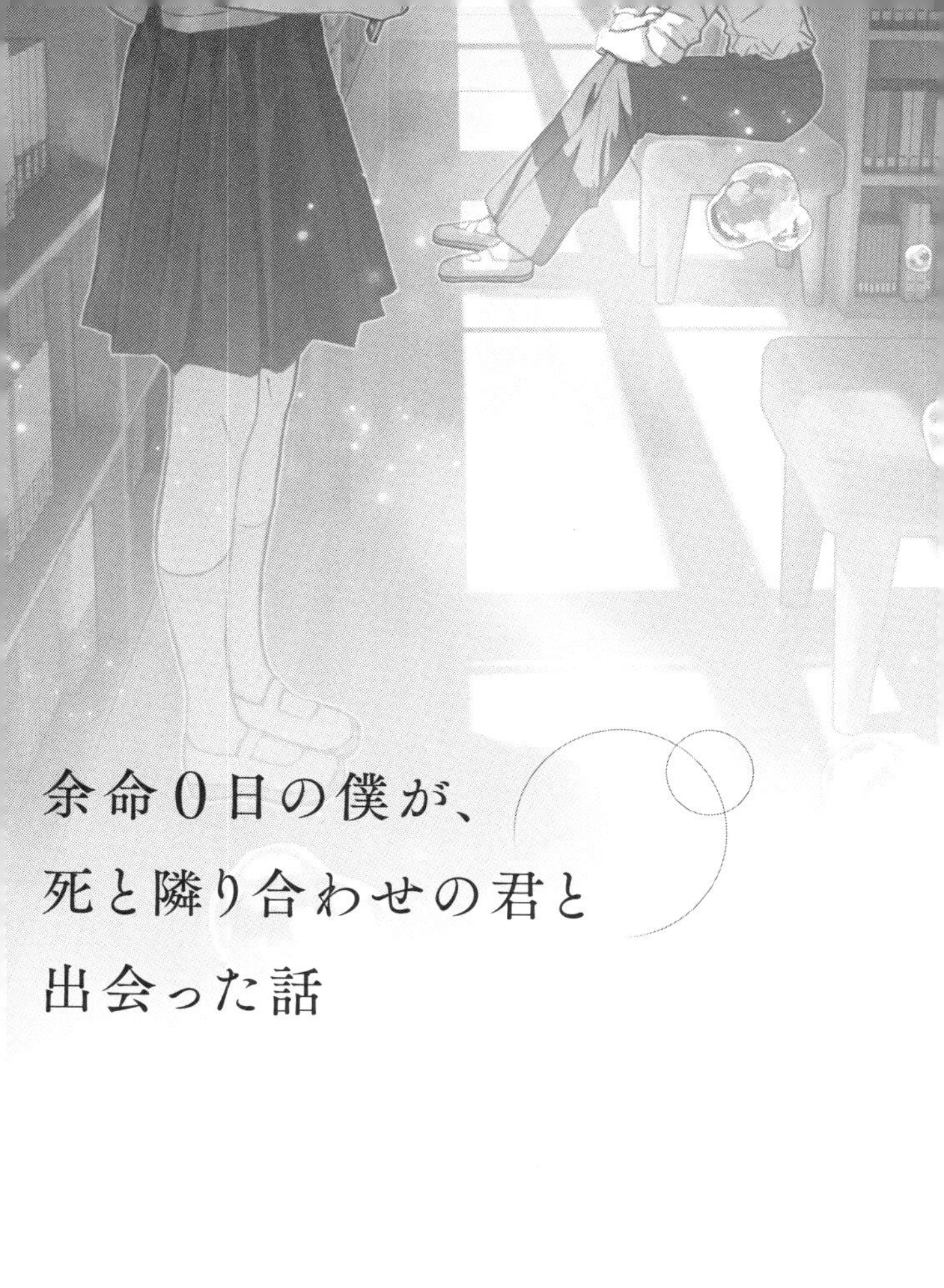

余命0日の僕が、死と隣り合わせの君と出会った話

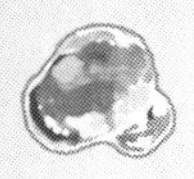

君の涙

やけに蒸し暑い日曜日の深夜。僕は部屋の片隅にある扇風機のスイッチを入れ、勉強机に向かった。

椅子に腰掛けてノートパソコンを起動し、映画やアニメなどを視聴できる動画配信サイトに飛び、僕に刺さりそうな物語を物色する。

数分探してようやくよさげなタイトルが目に留まり、あらすじを確認してから再生をクリックする。レビューなどは一切見ずに勘で選んだ。

再生速度を一・五倍速にしてヘッドホンを装着し、姿勢を正して物語に集中する。この作品は僕を殺してくれるのだろうかとドキドキしながら。

全神経を目と耳に集中させ、作品の世界に入りこむ。こういった感動ものの映画を観るときは、いかに主人公に感情移入できるかですべてが決まる。

主人公の性格や言動、立場や生い立ちなど、共感できる点はないかと必死に探す。

僕と同じ高校二年生で、卑屈な性格もよく似ている。ミディアムショートの黒髪で、ちょっとくせっ毛なところもそっくりだ。

冒頭で共通点をいくつか見つけ、ついに出会ってしまったかもしれないと胸が高鳴った。

——やっぱり今日もだめだった。約九十分後、僕はため息をつきながらヘッドホンを外す。タイトルやあらすじからして泣けそうな物語だったし、主人公の置かれている境遇も僕と酷似していたのに、少しもうるっとくることはなかった。中盤あたりで、なんかちがうかもと感じて視聴を中断しようかと思ったが、劇的な結末が待っている可能性もあると期待を込めて観た。しかし、結局なにも起こらなかった。

無駄に時間を消費してしまい、がっくりと項垂れる。次はもっと早く見切りをつけようと反省してパソコンを閉じる。椅子から立ち上がって大きく伸びをして、扇風機のスイッチを切ってからベッドにダイブした。

今日も死ななかったな、と枕に顔を埋めて眠りについた。

僕が涙失病（るいしつびょう）と診断されたのは、小学校に上がる前のことだった。涙を失うと書いて涙失病。その名のとおり涙を失うわけではないけれど、実際、生き延びるには涙を手放すしか方法はないらしい。

涙を体外に排出することで発熱し、一度に小さじ一杯分の涙を失うと死に至る危険性がある。個人差はあるが、一般的に人が号泣したときに流れる涙の量が小さじ一杯分と言われているそうだ。

通常、涙は弱アルカリ性であるが、涙失病患者の涙は共通して弱酸性で、未知の成分が含まれている。その特有の成分は解明されておらず、現状は打つ手がないという。

涙失病は十代で発症する患者が多く、後天性の疾患である。世界でも発症が確認されているのは数百人程度で、まだまだわからないことが多い奇病らしい。ただ泣かなければ日常生活は問題なく送れるため、結果的に僕は涙を失う生活を強いられることとなった。

涙失病患者の涙は青色で透きとおっているのが特徴的で、ブルーティア症候群とも呼ばれる。ひと粒では色のちがいはわからないが、涙を流していくと色は次第に濃くなっていき、その色が濃くなるにつれ、死に近づくと言われている。

狙ったように十代の多感な時期に発症する厄介な病気で、涙失病患者にとっては涙を堪えることよりも、感情を押し殺す生活を強いられることが苦痛だった。

病気が発覚したのは僕が六歳だった頃。父に叱られて涙したことがあった。なにをして叱られたのか今はもう覚えていないが、頬をぶたれた記憶だけはある。叱られた悲しみと左の頬の痛みで涙が込み上げてきたのだった。

父の前では泣くまいといつも堪えていたのに、涙は止まってはくれなかった。

泣いたら大人になれないだとか、お化けが出るだとか。泣き虫だったせいか、涙失病を発症する前から僕はそんな子どもだましの作り話を本気で信じていた。けれど幼かった僕は溢れ出る涙を制御する術を知らなかった。

僕は、昔は涙脆い性分だったのだ。

徐々に青みが増していく六歳の僕の涙を見て、父はぎょっとして目を丸くした。すぐにかかりつけの眼科に連れていかれ、近くの大学病院での受診を勧められて検査を受けた。

いくつもの検査を経て告げられたのは、涙失病という聞きなじみのない病。

泣いたら死ぬと知った僕は、怖くなってその日から涙を流すまいと事あるごとに込み上げてくる感情に抗った。

「悲しいときこそ笑いなさい」と母は言った。涙が零れそうになったとき、「泣くんじゃない」と父は声を荒らげた。

愛犬のモコが亡くなったときは涙を必死に堪え、母の教えに従ってなんとか笑顔をつくりながら庭に遺骨を埋めた。その光景はさぞかし不気味だっただろう。近所の人に目撃されていたら噂になっていたと思う。

泣くことを我慢する生活がしばらく続いたある日のこと。僕は禁じられていた涙を、ついに流してしまった。そのとき僕は小学四年生になっていた。

母が脳溢血（のういっけつ）で亡くなったのだ。真冬の早朝、朝食をつくっていた母は前触れもなく台所で倒れた。そのまま一時間誰にも気づかれず、起きてきた父が発見して救急車を呼んだが、その日の夕方に母は息を引き取った。

あまりにも急な別れに僕は困惑した。冷たくなった母を前にして、思わず号泣してしまった。視界が徐々にブルーに染まっていくのがわかった。

それまで三年間我慢してきた涙が、母の死によって堰を切ったように止めどなく流れる。父が僕の顔の前でなにかを叫んだ。泣くなと、きっとそう言ったのだろう。でも涙は止まらなかった。

すぐに症状は現れ、激しい頭痛とともに意識を手放した。

そうして僕は数日間、生死の境を彷徨った。高熱が続き、一時は体温が四十二度まで上昇したが、幸いにも脳に後遺症は残らず、奇跡的に生還できた。

早い段階で意識を失ったことで涙の生成を抑えられたのだと医師は話す。不幸中の幸いだったと。だが次は助かる保証はないと釘を刺した。

しばらく入院した僕は、母の葬儀に参列できなかった。でもきっと、母の葬儀に出席していたらまた号泣していたと思う。父もそう思っていたのか、母の葬儀があったことすら教えてくれなかった。

退院したあと、父は僕に謝罪した。母の遺体と対面させるべきではなかったと。父はあのとき気が動転していたようで、そこまで頭が回らなかったと深く反省していた。涙失病かどうかにかかわらず、人前で泣くことは恥ずべき行為だと父は言った。涙は人に見せるものではないのだとも。

そのせいか、学校でクラスメイトが泣いている姿を目にすると、つい見入ってしまう癖がついた。なぜこの子は人前で泣くのか。泣くことは恥であるはずなのに、どうして人目を憚（はばか）らず涙するのか。

僕には理解ができなかった。泣いている同級生を目にするたびに、まるで珍獣を見ているかのようで。

ふいに自室で母のことを思い出し、涙が溢れそうになったことは何度かあった。そのたびに僕は歯を食いしばって必死に涙を堪えた。学校で悲しいことがあっても母の言葉を思い出し、笑い飛ばして込み上げる悲しみをやり過ごした。

それを繰り返しているうちに僕は、やがてなにを見ても心が動かなくなってしまった。


「めちゃくちゃ泣ける映画らしいから、瀬山（せやま）も観にいかない？」

中学に入学してすぐ、クラスメイトから映画に誘われたことがあった。彼とは数回しか話したことがないので面食らったが、平静を装って答える。

「泣ける映画かぁ。うーん、行ってみようかな」

少し迷ったけれど、せっかくの誘いを断るのも気が引けて首肯した。そいつは中学生になって新しい友人をつくろうと張り切っており、ほかの生徒にも声をかけていた。

次の休日に男女五人で当時泣けると話題になっていた映画を観にいったが、僕ひとりだけが泣けなかった。中高生に大人気の恋愛小説が原作の映画で、ヒロインが不治の病に侵されて死ぬといった、ありがちな物語だ。

　本当はそういったお涙頂戴ものの映画は観てはいけないと父から言われていたが、親に反発したい年頃だった僕は、ホラー映画を観にいくと嘘をついた。

「お前よく泣かなかったな。皆泣いてるのに」

「なんでそんなに平然としてるの？」

「もしかして寝てた？」

　立て続けに僕を責めるような言葉を浴びせられ、どう返事をすればいいか悩んだ。

　面白い映画だったとは思う。けれど涙腺を刺激されることはなかった。号泣していたクラスメイトたちは呆れ果てた目で「瀬山は冷酷人間なんだな」と僕を評した。

　泣けないのだから仕方がないと僕は反論したし、涙は強要されて流せるものでもない。思わずそこで、泣いたら死ぬ可能性があることも伝えたが信じてもらえなかった。

　その一件があってからクラスメイトたちと距離を取るようになり、人と関わるのを極力やめた。

　中学の卒業式も、僕は泣いている生徒を冷ややかな目で見ていた。なぜこんなことで泣けるのか、内心では小馬鹿にしていたが、実を言うと少しだけ羨ましくもあった。

　高校に進学しても、僕は友人をつくらずに身を潜めるようにして過ごしていた。ただ、泣くことに関しては心境の変化があった。

この世の中には、多種多様な涙がそこら中に溢れている。号泣必至と銘打った映画やアニメ、小説などはよく目にするし、実際にそれらを観て感動の涙を流す人を何人も見てきた。

学校では部活動の試合に負けて流す悔し涙。推しのライブチケットに当選して流す嬉し涙。好きな人に告白して、振られたときに流す悲しみの涙。あるいは告白に成功して流す喜びの涙。

どれもこれも僕にとっては憧憬の的で、ただ遠くからその姿をじっと見ていることしかできなかった。

いつか僕も、あんなふうに泣いてみたいと強く思うようになった。


僕は、かれこれ七年間涙を流していなかった。涙失病の研究は進んでおらず、治療法も特効薬も未だに見つかっていない。泣くことだけでなく、最後に心から笑ったのはいつだったかも思い出せない。人と関わることをやめた影響か、喜怒哀楽の感情も失われつつあった。

感情を押し殺す生活に嫌気がさした僕は、ここ最近は泣ける映画やドラマ、漫画や小説などを進んで観たり読んだりするようになった。僕の心を動かしてくれるなにかに出会って死ねるなら本望だと思ったたし、この先ずっと涙を流せないのなら、いっそのこと僕を殺してくれるなにかを、いやむしろ僕のことを救ってくれるなにかを日々求めていた。

高校生活が始まってから一年が経過したが、どこか物足りなさを感じていた。もちろん要因は、僕自身が普通の高校生のように感動したり悲しんだりといった、誰もが当たり前にできることを制御しているからだ。

死ぬまでそんな生活を強いられるのかと思うと、心底うんざりした。涙なんか気にせずに、僕も青春を謳歌してみたかった。

でも、僕にはそれができない。それどころかこの先どんなに嬉しいことや悲しいことがあっても、感情を押し殺して生きていかなくてはならないのだ。

そんな人生なんて、まっぴらだった。だから僕は、一年以内になんとしてでも自分を泣かせ、この辛い毎日に終止符を打とうと決意した。


高二に進級して二ヶ月が過ぎた蒸し暑い初夏の放課後。僕は図書室に寄って、いわゆる泣ける本を物色していた。そういった本や映画を求めるようになったけれど、僕の琴線に触れる作品は未だ見つかっていない。

静かな図書室に入ると、さっそく携帯を片手に本棚へと視線を走らせる。昼休みにネットで調べた泣ける漫画を探していた。蔵書数は決して多いとは言えないけれど、無料で貸し出してくれるのは魅力だ。小遣いが少ない上にバイトもしていない貧乏学生にはありがたく、よく利用している。

しばらく歩き回って探してみたが、お目当ての本は見つからなかった。

諦めて図書室を出ようとしたとき、すすり泣く声が耳に届いて足を止める。

振り返ると、視線の先にいたのはクラスメイトの星野涼菜(ほしのすずな)だった。華奢な肩を震わせ、その大きな瞳からは涙がひと筋流れている。少し痩せすぎではないかと心配になるほど細い体軀だが、ぷっくりとした涙袋が印象的なかわいらしい顔立ちの少女。

クラス替えをしてから約二ヶ月、大半の生徒の名前を覚えていない僕だが、彼女の名前だけは知っている。彼女の存在は一年のときから、いや、実を言うと入学前から一方的に認識していた。

あれは、この高校の合格発表の日。昇降口前に設置されたホワイトボードに合格者番号が貼り出されると、自分の番号を見つけたらしいポニーテールの女子生徒が号泣したのだ。友人と抱き合い、大粒の涙を流しながらどこかに電話をかけて「合格したよ」と告げていた。

声を上げて喜びを爆発させる生徒は何人か見受けられたが、泣いている生徒は彼女ひとりだけ。人の涙に敏感な僕は、名前も知らない彼女に釘付けになった。

入学してからは彼女の存在などすっかり忘れていたが、五月に行われた体育祭でまたも彼女の涙を目にした。彼女のクラスである一年四組は全種目で好成績を修め、見事に優勝を果たして生徒たちは喜びを分かち合っていた。その中にぼろぼろ涙を零しているポニーテールの女子生徒がひとり。彼女を見て、合格発表の日に泣いていた子だ、とすぐに思い出した。

その後も僕は彼女——星野が泣いている姿をたびたび見かけた。文化祭で二年生がやっていたシンデレラの劇を観たとき、彼女は薄闇に包まれた体育館で人知れず泣いていた。シンデレラのどこに泣けるポイントがあるのか僕にはわからない。でも、たしかに彼女の瞳から雫が落ちたのが見えた。

またある日には廊下で友人とふたりで涙ぐんでいる姿を目にしたこともある。どうやらその友人は恋人に振られたようで、星野はもらい泣きをしていたらしかった。むしろその友人よりも星野の方が激しく泣いていた気もする。

そして僕と星野は二年になって同じクラスになった。以前から〝よく泣くやつ〟だと彼女のことを認識していた僕は、自己紹介で彼女が名乗った名前を覚えていたのだ。

閲覧席に座ってハンカチで目元を押さえながら本を読んでいる星野に歩み寄り、背後からそっと声をかける。彼女は今日もポニーテールだった。

「それ、なに読んでるの?」

突然声をかけられて驚いたのか、星野の肩がびくりと跳ねる。涙に濡れた瞳で僕を見上げると、「これ」と涙声で表紙を見せてくれた。

そのタイトルを見て目を見開く。星野が読んでいたのは、まさに先ほど僕が探していたものだった。それは、高校生の女子ふたりが夢を追う物語で、泣けると話題になっていた一巻完結の青春漫画だ。どうりで見つからないわけだ。残りのページ数は三分の一くらい。僕は彼女の隣の椅子に腰掛けた。

「そんなに泣けるの？　その漫画」

動揺を悟られないように僕がそう訊ねると、彼女は即答する。

「めちゃくちゃ泣けるよ。まだ途中だけど、もうかなりきてる。やばい」

「そうなんだ。ちょうどそういう本を探してたんだ。そんなに感動するなら読み終わったら貸して」

「うん、いいよ。もうすぐ読み終わるから待ってて」

星野はそう言うと、ポケットティッシュで洟をかんでから漫画の続きを読み始めた。

これが星野涼菜との初めての会話だった。

高校に入ってから自分から誰かに声をかけたのは、もしかすると今が初めてかもしれない。彼女に興味があったからか、意外とすんなり会話ができて自分でも驚いている。遠くから見ている限り、なんとなく性格がよさそうな気はしていたので、無視されることはないだろうと思っていた。

〝涙脆い人＝心優しい〟。僕の勝手なイメージだけれど、彼女とのやり取りからするとおそらく当たっているだろう。

静かに漫画を読んでいる星野の隣で、僕は携帯をポケットから取り出してその漫画をもう一度検索してみた。

僕が読む本や映画を決めるとき、いつも最も参考にしているのはその作品のレビューだ。高評価と低評価をくまなくチェックし、この作品は果たして僕を殺して（救って）くれるのか、じっくりと吟味するのだ。その際はネタバレだけは目に入れないように細心の注意を払う。『泣ける』と帯にでかでかと書かれた本でも、人によっては泣けないこともある。帯に騙されないように、僕は念入りにレビューを確認するようにしている。

今星野が読んでいる漫画にも、一定数の低評価レビューがついていた。

『シンプルに泣けなかった。買って損した』

『これを読んで泣けるのは中高生くらい。でも面白かった』

『あと一歩のところで泣けなかった。残念』

『泣けると話題になっていたけど、大したことなかったです』

人気作のレビューにはたいていこういった心ない言葉も散見されるが、泣けないからといって決してその作品がつまらないわけではなく、いい作品も中にはたくさんある。ただ、僕が求めているのは純粋に泣ける作品なのだ。

この漫画は低評価よりも圧倒的に高評価が多いので、それを信じて読んでみたい。改めてそう思った僕は携帯の画面を閉じ、彼女が読み終わるのを待つ。

隣で黙々と漫画を読み進めている星野は、再び涙を流していた。

不思議な気持ちだった。目の前で誰かが泣いている姿を見るのはずいぶん久しぶりのことで、いつもは遠くから見ているだけだったが、隣で泣かれると直視していいものか戸惑った。

残りのページ数はあとわずか。僕は横目でちらりと彼女の顔を覗く。彼女の瞳から、透明の液体が頬を伝ってスカートの上にぽたりと落ちた。その光景はやけに美しく、僕にはなぜだか神々しくさえ見えた。ずっと見ていられるなと思ったが、ちょうど読み終わったのか彼女はそっと本を閉じて机の上に置いた。

「どうだった？」

聞くまでもなかったが、僕は声を殺して泣いている星野に訊ねた。

「よがっだ」と彼女は声を絞り出し、「全人類に読んでほしい」と絶賛した。

そこまで言うか、と僕は声に出さず驚き、星野がたった今読み終えたばかりの漫画本に手を伸ばす。そしてドキドキしながら最初のページをめくる。

今まさに読み終えたばかりの人の生の声を聞き、この作品が僕を救ってくれるかもしれないと淡い期待を抱いて読み始める。

表紙を見たときから思っていたが、絵のタッチが僕好みで早くも期待が高まる。これはきっと感情移入しやすいぞ、とわくわくしながら読み進めていく。

星野はすぐに帰るだろうと思っていたが、別の本を棚から持ってきて読み始めた。おそらく僕が読み終わったあと、感想を語り合いたいのだな、となんとなく察した。

「瀬山くん、読み終わったら感想聞かせてね」

案の定、泣きやんで幾分落ち着いた星野は、僕の顔を覗きこんで言った。僕の目が潤んでいないか確認したのだ。が、今のところはまだ泣きポイントに到達していない。それよりも彼女が僕の名前を覚えていてくれたことに驚いて、集中力が切れてしまう。

「わかった」と僕はページに視線を落としたまま返事をした。

やがて物語は終盤に差しかかったが、依然として僕の瞳はカラカラで、嫌な予感がする。ここまで読み進めるとある程度オチがわかってしまう。僕の予想どおりの展開が待ち受けていたとしたら、たぶん泣けない。星野はもうじき僕が泣くであろうとさっきからしきりに視線を向けてくるが、残念ながらご期待に沿えそうになかった。

最後のページを読み終えて、ぱたりと本を閉じる。たしかにいい話ではあった。でも約束されたような予定調和の結末で、やっぱり泣けなかった。

「あれ……最後まで読んだ？」

　星野は懐疑的な目で机の上の漫画と僕を交互に見て訊ねてくる。まだなにか言いたそうにしているが、僕は言下に答える。

「読んだよ。面白かった」

「……それだけ？」

「えっと、最後親友が死んじゃったのは悲しかった」

「………………それだけ？」

　率直な感想を述べたつもりだったが、彼女は物足りないといった表情でさらに訊ねてくる。面白かった、悲しかった、それだけで十分伝わると思うのに、ほかになんと答えれば彼女は満足してくれるのか、正解がわからない。

「泣ける話だとは思う」

「いや、泣いてないじゃん。え？　ちゃんと読んだ？」

「ちゃんと読んだけど、泣けるほどじゃなかったかな。いい話ではあったけど」

　ええぇ、と彼女は信じられないといった顔で僕を見る。その反応には慣れているので、とくに気にならない。むしろこの程度で泣けるなんて、羨ましい限りだ。

「なんでこれを読んで泣かないの？　私なんてあらすじを読んだだけでちょっとうるっときたよ。最後の方とか、今思い出しただけでもう一回泣けちゃう」

　それは君の涙腺がおかしいんじゃないのか、と指摘したかったけれど言葉を呑みこむ。総合的に見ると、たぶんおかしいのは僕だ。レビューを見ても大多数の読者がこの漫画を絶賛し、涙しているのだ。彼女の言葉は概ね正しい。

「泣きのツボって人それぞれだから、この作品に対する評価や感想はいろんな意見があっていいと思う。その方が議論してて楽しいし、皆が同じ感想だと逆につまらないって」

正論を口にしたつもりだったが、彼女は釈然としない様子で僕を見ている。僕は再び本を手に取ってぱらぱらページをめくった。損ねてしまった彼女の機嫌を取るために、この本の美点を探す。

「じゃあさ、瀬山くんはどんなお話なら泣けるの？」

「それがわからないからいろいろ探してる」

ページをめくる手を止めてそう答える。「もう七年くらい泣いてない」と付け加えると、星野はその大きな目を見開いた。いちいちリアクションが大きい。

「え？　そんな人いるの？　私なんてたぶん週五で泣いてるよ。七年なんてさすがに嘘でしょ？」

「いや、本当に。泣いたら死ぬ病気なんだ。だから七年間泣かないようにしてたんだけど、今はもうそんなのどうでもよくて。自分を殺してくれる物語を探してる」

先ほどまで不満げだった星野の表情は、途端にきょとんとしたものに変わる。その理由はなんとなくわかっていた。

「瀬山くんさ、泣くことを恥ずかしいと思ってるんでしょ。泣いたら死ぬとか、そうやってごまかさなくていいよ。瀬山くんは知らないかもだけど、泣くってすごく体にいいことなんだよ」

思っていたとおり、信じてもらえなかった。涙失病は認知度が極めて低い病気で、こうやって打ち明けたとしても理解されないことが多い。

中学の頃、男女五人で映画を観にいってやはり泣けずに非難されたときも、僕は正直に「泣いたら死ぬんだ」と友人たちに告げた。だがそのときも信じてもらえず、「そんなわけねーだろ」と一蹴されたのだった。

とはいえもし僕が涙失病患者ではなく、その病気の存在を知らなければ「泣いたら死ぬ」なんて言われても、素直にそうですかとは言えないだろう。だから当時のクラスメイトたちや星野が信じないのも無理はなかった。

「知ってる？　泣くとストレスが軽減されたり、自律神経が整ったりするらしいよ。涙を流すと心のデトックス効果があって、週に一回泣くだけで効果が一週間持続するって説もあるんだって。すごいよね、涙って。免疫力を高める効果もあるみたいで、私は昔から涙脆いから風邪引いたことないんだよ。ねえ、すごくない？」

星野は得意げにそう話した。彼女が口にした涙の効果は、僕も聞いたことがあった。

涙には睡眠と同じリラックス効果があるそうで、泣くと幸せホルモンと呼ばれるセロトニンが増加する。

星野が今言ったようにストレスが軽減されたり、自律神経が整ったりするため、うつ病の予防にもなるらしい。ただ、玉ねぎを切ったときに流す涙ではそういった効果は得られない。

すべてどうやったら泣けるのかをネットで調べたときに得た情報だ。

「涙には三種類あるって知ってた？　目の潤いを保ってくれる『基礎分泌の涙』と、目にゴミが入ったときに出る『防御反射の涙』。あとはさっき私が本を読んで流した『情動の涙』。この『情動の涙』は人間特有のものらしいよ」

彼女は誇らしげに涙について雄弁に語る。まるでつい先ほど流した自分の涙を肯定するかのように。

「だから瀬山くんは、どっちかというと動物に近い人間なんだね」

僕が黙りこんでいると、星野はくすくす笑いながら言った。僕はなにも言い返せず、

「そうかもしれない」と真面目に同調した。

「とにかく僕は泣ける本を探してるから、ほかにもそういう本を知ってたら教えてくれない？　本じゃなくても、映画とかドラマとか、アニメでもいいし」

星野にそう依頼したタイミングで下校時間を告げるチャイムが鳴った。星野は「う

ん、今度ね」と言いながら席を立ち、僕が読み終えたばかりの漫画を手に取って小走りで受付カウンターへ向かった。

どうやらその本を借りるつもりらしい。すぐに貸し出しの手続きを済ませて彼女は僕のもとへ戻ってきた。

「それ、今読んだのになんで借りるの？」

借りてきた漫画を鞄に入れて、帰り支度を始めた星野に訊ねる。僕は基本的に一度読んだ本は再読しないし、映画だって再視聴はしない。結末がわかっていては楽しめないからだ。

「もう一回読みたいくらい好きだから。私、好きな本は繰り返し、何度も読むタイプだし」

ふうん、と呆れながら僕も席を立つ。たしかにそういう人もいるよなと思ったから、軽く受け流した。

僕と星野は一緒に図書室を出て、昇降口へと向かう。誰かとふたりで廊下を歩くのは久しぶりのことで、落ち着かなかった。

「ねえ瀬山くん。そんなに泣きたいならさ、うちの部活入る？」

先を歩く僕の背中に星野の声が降ってきた。僕は振り返って答える。

「部活？　星野って何部？」

「映画研究部。最初は感涙部だったんだけど、入部者が増えないから最近名前変更したばかりなんだ」

「……活動内容は？」

「放課後に、泣ける映画とかアニメを皆で観るだけだよ。そのあとに感想を話し合ったりとかしてる。活動日は不定期で、ほかの部活より自由だから入部してくれたら嬉しいんだけど、どう？」

星野は目を輝かせて言った。そんな部活があったなんて知らなかったし、活動内容を聞いた限り今の僕にはうってつけの部だと思った。

「部員はほかに何人いるの？」

「私と三年生の先輩のふたりで活動してる。もともと四人いたんだけど、ふたりやめちゃって部員を募集してるんだ。ただ映画を観るだけの楽な部活なんだから、皆もっと興味持ってくれたらいいのにね」

部員は意外と少ない。人との交流をなるべく避けたい僕にはこの上なく好都合だ。

「わかった。入部する」

「え、ほんとに？　いいの？」

「うん」

星野の表情がぱあっと明るくなる。泣いたり笑ったり、忙しいやつだなと僕は苦笑する。彼女は鞄の中を漁り、クリアファイルを取り出して一枚の紙切れを僕に渡した。『入部届』と表に書かれている。

「じゃあこれ、明日までに書いてきてもらってもいい？　保護者が書く欄もあるから、印鑑押してもらってね」

語尾に音符がつきそうなくらい星野はご機嫌だが、あまりの用意周到さに僕は面食らってしまう。

もしかして彼女が図書室で本を読んで泣いていたのは、勧誘活動の一環だったのではないかと邪推する。つい彼女の涙につられてまんまと入部してしまった、なんてさすがに考えすぎだなと自己完結して、僕は入部届を鞄にしまった。

「また明日ね。気が変わって入部するのやめたとかなしだよ！」

校門の前で連絡先を交換したあと、自転車に乗って大きく手を振る星野と別れた。僕は電車通学なので、歩いて最寄り駅まで向かう。学校でこんなに誰かと会話をしたのは初めてのことで、不思議な高揚感に包まれながら通学路を歩いた。

人と関わるのも案外悪くないなと思いながら、僕は放課後の出来事を頭の中で反芻した。

その日の夜。仕事が終わって帰宅した父に入部届を渡した。『二年二組瀬山慶、映画研究部』と記入し、入部動機の欄には『興味があったから』と書いた。

父はリビングのソファに腰掛け、表情を曇らせて紙面を見つめる。以前は感涙部として活動していたそうなので、名前を変えてくれてよかったと心から思う。感涙部に入るなんて父に告げたら、許可されるはずがなかった。

「この部活、部員は何人いるんだ？」

「僕を入れて三人だったかな。同じクラスの人と、三年生の先輩と」

父は入部届をテーブルに置き、腕を組んで眉間に皺を寄せる。あまり好意的に思っていないのだろうなとすぐに察した。

「普通に映画を観て感想を語り合うだけの部活だよ。活動日も少ないみたいだし」

父が言葉を発する前に補足する。僕の病気のこともあってか、父は昔から厳しかった。友達なんてつくる必要ない。友達がいなくたって人は生きていける。そんなことを口を酸っぱくして言った。親しい友達をつくると泣く可能性があり、危険だと判断したのだろう。

門限はとくになかったが、遅い時間に帰宅するとこっぴどく叱られた。携帯も今年に入ってからようやく持たせてくれた。自宅では映画やドラマやアニメは禁止されていて、父はとにかく涙を誘うようなエンタメやシチュエーションを僕から遠ざけるのだ。

高校に入学してからはいくらか緩和されたが、映画研究部という不安要素満載の部活に入りたいなどと僕が言ったものだから、父は困惑している様子だった。

「大丈夫なのか？　泣ける映画とか、そういうのも観たりするんじゃないのか」

「ああ、それは大丈夫。ほかの部員はアクション映画とかミステリ系が好きな人ばっかだから。そっちの方が議論してて楽しいしね。だから恋愛とか感動ものは観ないと思うよ」

とっさにそう嘘をついた。本当は泣くために入部したなんて口が裂けても言えない。

父は「まあ、それならいいか」と渋々ではあるがペンを執ってくれた。名前を書き終えると引き出しの中から印鑑を取り出して、少し躊躇ってから捺印する。理解のある父親でよかったと感謝しながら、「ありがとう」と声に出して入部届を受け取った。

今年の頭に携帯を持つ持たないで父と初めて口論したことがあった。僕が初めて反論したことに父はたじろぎ、ついには折れた。涙失病を憂慮しすぎるあまり、今まで厳しく接していたことを父はそのときに自覚してくれた。その一件がなければきっと今だって、入部を許可してくれなかったかもしれない。

自分の部屋に戻って入部届を鞄の中に入れて、パソコンを起動する。

今日も泣けそうな映画はないかとマウスを動かし、僕を救ってくれる物語を探した。

「これ、書いてきた」

翌日の昼休み、僕は購買で購入したクリームパンを食べ終えると、星野に入部届を差し出した。彼女も昼食を済ませて昨日図書室で借りた漫画を読んでいた。二度目、さらにまだ序盤だというのにすでに目を潤ませている。

「あ、そうだった。ありがとう。あとで顧問の先生に渡しとくね」

星野は入部届を受け取り、確認してから机の中に入れて「下の名前、慶っていうんだね」とどうでもいいことを口にした。

「うん、よろしく。ていうか、また読んでるんだ、それ。しかもまだ前半なのにもう泣きそうになってるし」

「だって、このあとふたりがどうなっちゃうのか知ってるから、それを思うと泣けてきちゃって。昨日も家に帰ってもう一回読んだら、やっぱり泣いた」

呆れて返す言葉がなかった。恥ずかしげもなく泣いたことを公言できる彼女が羨ましくもあり、興味を惹かれる存在でもあった。この年になると人前で泣くなんて誰もが避けたい行為であるはずなのに、昨日の彼女はまるで気にならないといった様子で堂々と涙していたのだ。至近距離で見ていたせいか、彼女が泣いている姿はまだ脳裏に焼きついている。

目的を果たしたので自分の席に戻ろうと踵を返すと、星野に制服の後ろを摑まれた。

「なに？」

「今日の放課後、部活あるからね。場所は四階の空き教室。私、掃除当番だから先に行ってて」

「わかった」

星野はにこりと微笑み、手を離して閉じていた漫画の続きを読み始める。ふと気づくと、近くにいた生徒たちが僕のことを好奇の目で見ていた。普段は誰とも喋らないので、星野と会話している姿が相当珍しかったのだろう。

僕は少し離れた自分の席に戻り、しばらく星野を観察した。ページをめくるたびに彼女の表情は暗くなり、眉を八の字に下げて今にも泣き出してしまいそうな、子どものような顔に変わる。

騒がしい教室の片隅で、やがて彼女はひっそりと涙を流した。まるでそこにだけスポットライトが当てられているように、僕には彼女が輝いて見えた。

僕にとって忌むべき存在の涙を美しいだなんて思うはずがない。それなのにどうしてか、僕は泣いている星野から目を離すことができずにいた。

チャイムの音ではっと我に返る。星野もその音で現実に引き戻されたようで、本を閉じるとハンカチで目元を拭った。

午後の授業は、星野の涙がちらついて集中できなかった。

放課後になると僕はさっそく四階の空き教室に足を運んだ。星野は遅れると言っていたが先輩はもういるだろうか。そう思ってドアを開けたが、空き教室には誰もいない。

机や椅子の配置はほかの教室と同じで、等間隔に並んでいる。僕は星野に頼まれていたのを思い出し、中央の机を四つ合わせて並べた。

その並べた机のひとつに腰掛けて星野の到着を待つ。中学の頃は帰宅部だったし、部活自体初めてで少しそわそわした。もうひとりの部員である三年生の先輩はどんな人なのか知らないから、先に来られたらちょっと気まずい。

手持ち無沙汰で机の中を漁ってみたり、教室内を歩き回ったりしていると後方のドアが開いた。

「遅くなってごめん。部活始めよっか」

先に来たのは星野だった。彼女は四つ並べた机に鞄を置くと、中からポータブルDVDプレイヤーを取り出して起動させる。画面のサイズは十五インチくらいで、自宅にある僕のノートパソコンより少し大きい。鞄の中にはほかに、映画のDVDが何枚か入っていた。

「この中で観たことない映画ある？」

星野はそう言って三枚のDVDを机に並べる。邦画が二枚に洋画が一枚。僕が映画を観るようになったのは今年に入ってからなので、どれも視聴したことがなかった。

「全部観たことない。一番泣けそうで面白いやつどれ？」

「そうなんだ。全部泣けるけど、私はこれが一番好き。もう二十回くらい観てるのに毎回号泣してる。これなら心の冷たい瀬山くんでも絶対泣けると思うから、安心して思いっきり泣いていいよ」

彼女の言葉が一瞬引っかかったが、今は聞き流すことにした。星野が手に取ったのは邦画の恋愛映画だ。パッケージの裏を見ると高校生男女の青春ラブストーリーで、タイムリープものらしい。ヒロインを死の運命から救うべく、主人公が何度もタイムリープをするという内容だそうだ。

現実離れした設定の映画は感情移入しにくいので、その手のジャンルは普段なら避けていたと思う。でも絶対泣けると彼女は豪語していることだし、試しに観てみるのも悪くない。

「じゃあ、これで」

僕は中からディスクを取り出して星野に手渡す。彼女はそれを受け取るとさっそくセットし、再生を始めた。

「まだ先輩来てないけど、待たなくていいの？」

僕がそう訊ねると、星野は物憂げな顔で言った。

「先輩は今入院してて、しばらく戻ってこられそうにないみたい。だから、大丈夫。ほら、映画始まるよ」

星野は話を無理やり終わらせて液晶画面に目を向ける。先輩について詳しく聞くのは今度にして、僕も映画に集中する。

物語の序盤、星野は主人公の少年とヒロインが出会ったシーンで早くも泣き出していた。このあとふたりがどうなるのか知っているから、とか言い出しそうで、気づかないふりをして視聴を続ける。しかし隣で泣かれると気が散って物語に入りこめなかった。中盤に差しかかると星野はぼろぼろ涙を流し、そしてクライマックスでは宣言どおり号泣していた。

エンドロールが流れると、僕は立ち上がって大きく伸びをした。映画を観終わったあとや、本を一冊読み終わったあとは決まってそうするのだ。それからその作品に思いを馳せるのだが、この映画は僕にはあまり響かなかったのでそのままひとつ欠伸（あくび）をした。

「え、泣けなかったの？　なんでやっと解放されたみたいなリアクションしてるの？」

星野は欠伸を終えた僕を見上げて、涙声で非難する。ハンカチは湿って機能を失っていたのか、いつの間にか彼女の涙を堰き止める役割はポケットティッシュに替わっていた。その水玉のポケットティッシュも、あと数枚で底を尽きそうだ。

「いや、何度か泣きそうになったよ。でもあとちょっとのところで泣けなかった」

また彼女に冷たい人間だと言われそうで、適当なことを言ってごまかした。本当は一度も涙腺を刺激されなかった。

「ほんとに？　全然目が潤んでないし、途中で何度も欠伸してたよね」

痛いところを突かれて返答に窮する。次回は目薬を持参しようかと思ったが、星野に気づかれずにさすタイミングがなさそうだ。

星野は最後のティッシュで洟をかんだあと、鞄の中を漁って漫画本三冊と小説を二冊、机の上に置いた。

「これ、私のおすすめの泣ける本。念のため持ってきた。これは全部本当に泣けるから、家で読んでみて」

「ありがとう」

僕は星野から受け取った五冊の本を鞄の中に入れる。どれも読んだことがなかったので、素直にありがたかった。

星野は次に手のひらサイズの小さな水色のノートを机に広げ、なにやらボールペンで書きこんでいく。

「なに書いてるの？」

「ああ、これ？　これは活動記録のようなものだよ。今までに観た映画や読んだ本のタイトルを記入して、面白かったところとか、泣けるポイントとか書いてる。なにか気になる作品があったら見る？　貸してあげよっか？」

星野はノートを僕に手渡した。表紙には『涙ノート』と書かれていて、その下に小さく『～映画研究部活動記録～』とサブタイトルがつけられている。ちなみに「感涙」に二重線が引かれ、「映画研究」と上書きされていた。

ぱらぱらとページをめくってみると、一ページにつき二作品の詳細が綴られており、しっかりと定規を用いて綺麗に区分けされていて読みやすかった。感想などは長々とは書かず簡潔に、且つ要点を押さえていてわかりやすい。彼女は几帳面な性格なのだなと意外な一面に驚かされた。

中には僕が読んだことのある本や映画もあった。最初のページの日付を確認すると今年の四月からノートをつけ始めたようで、ノートの半ば以降は白紙になっており、なにも書かれていなかった。

しかし後半のページに記されていた目を疑うような言葉に、僕は手を止めた。

『消えたい』

縦書きで小さく書かれていたが、いやに存在感があった。その隣のページにも、『辛い』や『もう無理かも』など、至る箇所に負の言葉が綴られている。

「あっ」

星野は小さく声を上げて涙ノートを僕の手から奪い取った。すぐにそれを鞄の中に入れて、ＤＶＤプレイヤーも鞄の中に押しこむ。

「今日の部活はここまでだから、私帰るね」

星野はそう言い残し、鞄を小脇に抱えて教室を出ていった。

取り残された僕はしばらく椅子に座ったまま呆然としてしまう。涙ノートの後半に記されていたあの言葉は、いったいなんだったのか。まさか映画や本のタイトルではあるまいし、筆跡は彼女のものでまちがいないから、誰かにいたずらで書かれたものでもないだろう。

星野にもなにか死にたくなるくらいの悩み事があるのだろうか。僕と同じように。

まあ、死にたいだとか辛いだとか、そういったネガティブな感情に支配されることなど割と誰にでもあるだろう。ＳＮＳなんかでは、朝の挨拶をするように『死にたい』、『消えたい』と日常的に呟いている人はたくさんいて、珍しくもない。死にたいと僕も思ったことがあるし、なんなら現在進行形で死のうとしているのだ。

だからそういう人もいることは理解できるが、まさか星野がそんな思いを抱いているとは思わなかった。普段の明朗な彼女の姿からは想像もつかない。

深く息をついて席を立つ。机を元の位置に戻してから教室を出た。

帰りの電車の中で星野に借りた小説を読んでみたけれど、まったく頭に入ってこなかった。


「おはよう瀬山くん。昨日貸した本、読んでくれた？」

翌朝、教室に入って自分の席に座ると、星野が僕のところへやってきてそう言った。昨日の帰り際の気まずさなどまるでなかったかのように、いつもと変わらない様子だ。

「漫画は三冊とも読んだけど、どれも泣けなかった。小説はこれから読もうと思ってる」

言いながら鞄の中から昨日借りた漫画を三冊取り出して星野に渡した。

「これでも泣けなかったの!?　えええ。この漫画で泣けない人、私見たことないよ。ノートにも『この漫画を読んだ人はもれなく全員号泣』って書いたのに！」

「申し訳ないけど、文面を変えといてもらえると助かる。読んだ人が全員号泣する漫画や小説なんてこの世にないと思うよ」

僕がひと息で言うと星野は悔しそうに唇を尖らせ、頭の後ろでひとまとめにした髪の毛を揺らしながら自分の席へと戻っていった。

彼女は着席すると、不満げな顔でさっそく涙ノートにペンを走らせていく。その姿に僕は苦笑し、彼女に借りた小説を読み始める。家族愛がテーマの物語で、青春恋愛ものを好む彼女にしては珍しいチョイスだった。

恋愛経験の乏しい僕にはこっちの方が感情移入できそうで、今までで一番期待値が高い。初めて読む作家の本だが、変な癖もなく僕好みの情緒的な文章で、読んでいて心地よかった。

すぐにチャイムが鳴って授業が始まったけれど、僕はそのまま教師に見つからないように小説を読んだ。

授業が始まって数十分。ふと視線を感じて顔をそちらに向けると、星野が僕のことを見ていた。じいっと、目を細めている彼女はきっと、貸した小説を読んで僕が泣いているか確認しているのだろう。

試しに目元を押さえて泣いているふりをして指の間からちらっと見やると、彼女は細めていた目を見開いて、身を乗り出してくる。数秒そうして、ぱっと顔を上げて星野に視線を向けると、彼女は机に置いていた手を滑らせて軽くずっこけた。

そのやり取りがなんだかおかしくて、思わず声を出さずに笑ってしまう。星野も騙された、というようにふざけた顔をして離れた席で笑みを浮かべていた。

放課後、荷物をまとめて速やかに下校しようとしていたら、この日も掃除当番の星野に呼び止められた。

「なに帰ろうとしてるの？　今日も部活あるからね」

T字の箒を片手に、得意顔の星野が言った。不定期とは聞いていたが、まさか今日も活動日だとは思わなかった。家にいてもどうせやることは同じだし、それならまた星野のおすすめの映画を観るのも悪くはない。

僕は「わかった」と答えてから四階の空き教室に向かった。

昨日と同じように中央の机を四つ、向かい合うように並べる。星野が来るまでの間、彼女に借りた二冊目の小説を読むことにした。一冊目の家族愛を描いた物語は昼休みが終わる五分前に読了したが、残念ながら泣けなかった。けれど、今まで彼女に勧められた作品の中で、一番胸に迫るものがあった。読み進めていくうちに目の奥がピリピリと痺れるような懐かしい感覚が蘇った。しかし目に涙が浮かぶことはなく、気づけば読み終わっていた。ラストにもうひと押しあれば結果はちがっていたかもしれない。

二冊目の小説は、星野が好きそうな恋愛ものだった。互いに複雑な家庭環境で育った高校生男女の恋愛小説。ふたりで秘密を共有しながら惹かれ合い、やがて恋に落ちる。そんな物語だ。

「お、その本読んでるんだ。それもめちゃくちゃ泣けるからハンカチ用意した方がいいかも。てか、授業中に読んでいた本は読み終わったの？」

教室の清掃を終えた星野は、ぱんぱんに膨らんだ鞄を重たそうに抱えてやってきた。

「うん、読んだよ。面白かったけど、泣けなかった。でも、今まで借りた中では一番感動したかな」

そっかぁ、と星野は悔しそうに呟く。鞄を机の上に置くと、中から大量のＤＶＤを出して表面が見えるように丁寧に並べた。全部で十枚はある。

「こんなに持ってきてどうしたの？」

「いろんなジャンルの泣ける映画を厳選して持ってきたんだけど、この中で一番泣けそうな作品を選んで」

僕は端から順番に手に取って裏面のあらすじに目を通していく。ラブロマンスにヒューマンドラマ、ＳＦにサスペンスなどジャンルは様々で、動物にまつわる話やアスリートものなど、流行りに疎い僕でも一度は耳にしたことのある大ヒット作ばかりだ。そのラインナップを見る限り、彼女が本気で僕を泣かせにきているのだと感じた。

「うーん、どれがいいんだろう。自分でもなにが泣けそうかとか全然わからなくて」

「瀬山くん、七年間泣いてないって言ってたけど、七年前はどうして泣いたの？　言いたくなかったらべつにいいけど、その泣いた原因が瀬山くんの泣きポイントだったりして。親に叱られて泣いたとかね」

星野はいたずらっぽく笑う。彼女に言われて頭に浮かんだのは、冷たくなった母の姿だった。時間が経過したおかげか、当時を思い出しても今は涙が滲むことはない。

「七年前、母さんが死んだときに泣いた。あとは飼ってた犬が死んだときも泣きそうになったかな」

気まずい空気にならないように、軽い口調でさらりと告げた。にやけていた星野の口元がわかりやすく歪む。まさか今ので泣かないよな、とこっちが心配になるほど彼女の表情は暗くなった。

「ごめん、変なこと聞いて」

「べつに変なことじゃないよ。そうやって気を遣われる方が逆にしんどいからやめて」

柔らかい口調で言ったつもりだったが、星野は肩をすぼめてさらに落ちこむ。意外と繊細なところもあるのだなと、今日も彼女の意外な一面を知ることができた。

星野が黙りこんでしまったので、僕は再び十枚のＤＶＤのあらすじを見比べて、その中から一枚を選んで彼女に手渡す。

「あ、これでいいの？」

星野は受け取ったＤＶＤを見て、意外そうに呟く。僕が選んだのは先ほど授業中に読んだ、家族愛を描いた小説を実写化したものだった。

「うん、これでいい。この小説好きだったたし、たぶん僕は家族ものに弱いと思う」

おそらく人それぞれ泣きのツボは異なる。ラブストーリーで泣ける人もいれば泣けない人もいるし、青春部活もので泣ける人もいればそうでない人もいる。

映画を観たり本を読んだりして涙を流すとき、人は無意識に自分の人生経験や思い出をそこに投影させているのだ。恋愛経験の乏しい僕はそのジャンルはピンとこないし、これまで部活動に打ちこんだことがなかったから青春ものへの感情移入も難しい。

しかし家族ものなら話が変わってくる。

今、星野に手渡した映画は、最終的に母親が病で亡くなってしまう。境遇はちがえど、母を亡くした経験があるからか、さっき読んだときもほかのジャンルに比べて主人公に強く共感できた。だから僕は悩んだ末にその作品を選んだ。

「じゃあ再生するね。この映画観たら、泣いちゃうかも」

プレイヤーにディスクをセットしながら星野がおかしなことを言う。前日に読んだばかりの漫画で泣いていたくせに、どの口が言うんだ、と突っこみを入れてやりたかった。

映画が始まると、ふたりとも無言になる……と思ったが、今日の星野は企みがあるらしかった。

「今はこんなに元気なのに、どうして最後亡くなっちゃうんだろう」

「子どもたちには病気を隠して無理して明るく振る舞ってるの、胸が苦しいね」

「このあとの展開、泣けるよね」

星野は要所要所で鬱陶しい解説を挟んできた。僕が原作を読んだからネタバレをしても問題ないと踏んだのか、涙を誘うような言葉を連発する。

「ほら、このシーンとかめっちゃ泣けるよね。てか泣くでしょ、こんなん」

僕が無視を決めこむと、星野はひとりで喋りながら泣き始めた。彼女は自分の解説で自滅したのか、それ以降は口を閉ざした。

やっと物語に集中できると思ったが気づけばクライマックスで、結局泣いたのは今日も星野だけだった。ううう、と隣で嗚咽を漏らす星野。僕はプレイヤーからディスクを取り出して淡々と後片付けを始める。

部活動終了を告げるチャイムが鳴っても、星野はまだめそめそしていた。

机と椅子を元に戻してから一緒に教室を出た。星野は泣きやんでいたが、目と鼻が赤く染まっているため、すれちがう生徒たちから好奇の目を向けられる。彼らにはまるで僕が彼女を泣かせたように映ったのか、こちらを見る目が厳しかった。

「ここまできたら意地でも泣かせたくなってきた」

廊下を歩きながら星野は物騒なことを言う。ここだけ切り取ったら僕が彼女にいじめられていると勘ちがいされそうで周囲を気にするが、幸いにも人はいなかった。

「星野はちょっと泣きすぎだから、僕を見習った方がいいんじゃない？　泣かずに映画を観ることはできないの？」

「はあ？　できるよ、それくらい。次は泣かないから見てて」

星野は肩を怒らせて僕の先を歩いていく。喜怒哀楽がはっきりしている彼女は見ていて飽きない。

「来週こそ絶対に泣かせるから！」

捨て台詞みたいにそう言い残して、星野は自転車に乗って帰っていった。

面倒だな、と思いつつも放課後の映画鑑賞を楽しみにしている自分がいた。純粋に僕の知らない映画に出会えるのも楽しみだし、どうしてか星野涼菜というひとりの人間に対しても興味が湧いた。

なぜ彼女は馬鹿みたいに涙脆いのか。なぜ人前で少しも躊躇わずに泣けるのか。そして彼女のノートにあったあのネガティブな言葉の数々はなんなのか。

涙脆いのは単なる体質であり、彼女の個性とも言える。僕も彼女と同じで昔は泣き虫の少年だった。しかし涙とは無縁の生活を送ってきた僕は、いつしか泣けない体質になってしまった。

環境で人は変わる。ならば、僕とは正反対の星野と一緒にいれば、僕はまた以前のように涙を取り戻すことができるのではないだろうか。浅薄な考えかもしれないが、ひとりで煩悶するよりはましだと思った。

来週はどんな映画を観せてくれるのか。週明けを待ち遠しく感じたのは初めてのことで、僕自身も今の自分の気持ちを正しく分析することはできなかった。

翌週も、その次の週も僕と星野は水曜日と木曜日の放課後になると四階の空き教室で部活動に励んだ。来週こそは僕を泣かせると毎回宣言していた星野だったが、結局泣くのは彼女自身で、僕の無敗記録は継続中。勝ち負けではないにせよ、彼女が意地でも僕を泣かせようとしてくる姿はおかしかった。

部活では、映画鑑賞はもちろんのこと、ただ椅子に座って持ち寄った本をひたすら読むだけの日もある。星野が僕のおすすめの泣ける本を読みたいと言ったので、彼女が涙しそうな漫画と小説を数冊貸してやった。

週明けに「全滅でした」と、両目をぱんぱんに腫らした彼女が登校してきたときはつい笑ってしまった。僕はここ数年人と関わらない人生を歩んできたから、彼女と話すようになって毎日が新鮮に思える。

ちなみに、父から泣ける本は読むなと言われているので、僕の部屋には本棚がない。

そういった本はベッドの下に隠したり、鍵つきの引き出しに保管したりしている。以前、クラスで一番のお調子者である高橋がエロ本の保管場所に困ると嘆いていたが、その気持ちが少しだけ理解できた。

　夏の日差しが徐々に厳しくなってきても、星野は相変わらず、僕を泣かせるべく様々な手法で挑んできていた。

　映画や本だけでなく、朗読劇のCDを持ってきたり、動画投稿サイトの動画を延々と流し続けたり。またあるときはふたりの涙脆い友人たちを引き連れてきて、四人で映画を視聴したこともあった。そのとき僕以外の三人は涙を流していて、星野は泣きやすい空間を見事に演出してみせた。ひとりだけ泣けなかったら変な目で見られるし、ほかのふたりにも冷酷人間だと思われる恐れがある。でも、それが嫌なら泣きなさいと暗に詰められている気がして、やはり泣けなかった。

　最終的に星野は、なにを血迷ったのか激辛カップ焼きそばを持参して僕に食べさせ、無理やり泣かせようとした。さすがにこれはルール違反な気がしたので、僕はひと口だけ食べて残りは星野が号泣しながら完食した。

　夏休みが迫ってきた七月中旬の土曜日。その日は初めて休日に部活があった。映画研究部は平日のみの活動だと聞いていたので、昨日の放課後に知らされたときは正直驚いた。

なにをするのかは知らされなかったので、とりあえず僕は待ち合わせ場所の駅の構内で待つ。球体のへんてこなオブジェの前で。

「お待たせ！」

時間きっかりに星野はやってきた。白のロンTにデニムのホットパンツ。寒がりなのか夏だというのに長袖なのは驚いたが、彼女の私服姿を目にするのはこれが初めてで、思わずドキッとした。髪形だけは普段どおりで今日もポニーテールが決まっている。

「それで、今日はなにするの？」

「まあまあ、いいからついてきて」

星野はしたり顔で僕の前を歩き、ＩＣカードを使って改札口を抜ける。僕も彼女のあとに続いた。

電車と地下鉄を乗り継いで約一時間。そこからさらに十五分歩いた。視界の先に見えてきたのはサッカー・野球兼用のドーム型のスタジアムで、周囲を見回すと地元のプロサッカーチームのレプリカユニフォームを着ている人たちだらけだった。

おそらくキックオフの時間が近いのだろう。ユニフォームを着ている人たちは皆、スタジアムの入口へと吸いこまれていく。

「はいこれ、今日のチケット。プレゼントキャンペーンに応募したら当たったから、一枚あげる」

にんまりと微笑みながら星野は言った。映画研究部の活動がスポーツ観戦とは意味がわからなくて、僕は困惑したままチケットを受け取る。

「映画とか本だけじゃなくて、人はスポーツでも感動できるって知ってた？　ワールドカップとか私、試合が終わったあと号泣したし、甲子園でも泣いた。うちの高校は野球部弱いから、テレビ中継を観てだけどね」

会場へと向かう階段を上がりながら星野は言う。どうやら彼女はフィクションで僕を泣かせることを諦めたのか、まったく別のアプローチを試みる作戦に出たらしい。スポーツに関心のない僕は、サッカーの試合を観戦しただけで泣けるなんて信じられなかった。

そもそも僕はサッカーのルールをあまり知らないし、オフサイドもいまいち理解できていない。野球は一チーム九人で試合をするのは知っているが、サッカーは何人で試合をするのか、それすら把握していなかった。ただ、ゴールキーパー以外の選手は手を使ってはいけないことは知っている。というか、その程度の知識しか持ち合わせていない。

「あったあった。私たちの席ここだよ」

「けっこういい席だね。無料にしては」

席に着くと、僕たちはフードコートで買ってきたハンバーガーを食べる。目の前にはグリーンの鮮やかなピッチが広がっていて、ちょうどセンターラインの延長線上に僕たちの座席はあった。

選手たちが試合前の練習を始めると、ゴール裏のサポーターたちが声を張り上げた。手を叩き、旗やタオルを振り回して全身を使って選手たちを鼓舞している。僕はその迫力に圧倒され、ゴール裏の座席じゃなくてよかったと安堵した。

「星野はどっちのチームを応援してるの？」

「どっちって、そりゃあ地元のチームに決まってるじゃん。赤いユニフォームを着てるチームだよ。でも普段は私、日本代表の試合しか観ないから、選手の名前とかは全然知らないんだけどね」

口元にマヨネーズをつけて星野は笑う。僕は気づいていないふりをしてキックオフを待った。

試合が始まると、大人しくハンバーガーを食べていた星野が騒がしくなった。応援しているチームがシュートを打ったり、逆に打たれてゴールを脅かされたりするたびに隣で悲鳴を上げるのだ。僕も思いのほか楽しめて、気づけば夢中になって赤いユニフォームのチームを応援していた。

「あああ！　決められたぁ～」

前半終了間際、ついに失点してしまった。身を乗り出して応援していた星野はがっくりと項垂れる。スタジアムはホームチームのサポーターたちのため息に包まれ、対してアウェイチームのサポーター席は、この日一番の盛り上がりを見せていた。

「見て見て。これ、買っちゃった。似合ってる？」

ハーフタイムになってトイレから戻ると、星野はいつの間に買ったのかホームチームの赤いタオルマフラーを首に巻いていた。そこには背番号十番の宮川選手の名前が書かれている。

「うん、まあ、似合ってるんじゃないの？」

「ありがとう。後半はきっと宮川選手が決めてくれると思う！」

まさかそんなことが起こるわけないと鼻で笑ったが、後半が始まってすぐに宮川選手がゴールを決めた。

ゴールネットが揺れた瞬間、スタジアムは大歓声に包まれる。星野は立ち上がってぴょんぴょん飛び跳ね、隣に座っていたおじさんとハイタッチをしていた。

僕も周りに合わせ、一応立ち上がって拍手だけしておいた。

コーナーキックのこぼれ球を押しこんだゴールは華麗とは言えないけれど、宮川選手の活躍で試合は振り出しに戻る。

「私のおかげで追いついたね！　このまま逆転するかも！」

学校では見たこともないくらいハイテンションの星野だった。宮川選手の力なのに、まるで自分がゴールを決めたかのようにはしゃぐ。

ピッチに熱い視線を向ける彼女の瞳は、早くも潤んでいた。

後半のホームチームは前半飛ばしすぎたのか防戦一方で、いつ失点してもおかしくないくらい攻めこまれた。

アウェイチームがシュートを打つたびに放たれる星野の悲鳴が耳に刺さる。このまま一対一の引き分けで試合終了かと思われたが、後半のアディショナルタイムでホームチームがPKを獲得した。

主審がペナルティエリアを指して笛を鳴らすと、わっとスタジアムが沸いた。ちょうど飲みものを飲んでいた星野はなにが起こったのか理解しておらず、「なになに？」とひとりだけちがう反応を見せていた。

「PKだってさ。これを決めたら時間的にも勝ちだと思う」

「え、PK？　嘘でしょ？　え？」

教えてやったのに混乱が増した様子の星野。

キッカーがボールをセットすると、星野は顔の前で手を重ね合わせて祈る。「お願い！」と今にも泣き出しそうな目で選手を見守っていた。

キッカーがゆっくりと助走に入る。僕も星野も、この場にいる誰もがその動きに注目していた。ボールを蹴った瞬間に全員が立ち上がり、僕も少し遅れて腰を浮かせる。キーパーの逆をついてボールはネットに突き刺さった。

「やったあああああ！」

星野が絶叫し、スタジアムは大歓声で揺れる。僕は小さくガッツポーズをして、それから周りに合わせて拍手をした。その直後に試合終了のホイッスルが鳴った。

ふと星野の方を見たら、彼女の頬にはひと筋の涙が光っていた。僕と目が合うと、星野はそれをタオルマフラーで拭いて優しく微笑む。

僕はそれを見て、すぐに視線を逸らした。泣きながら僕に笑みを見せる星野があまりにも眩しかったから。

「瀬山くん」

「ん？」

星野は両手を上げて、ハイタッチを求めていた。僕は少し躊躇ってから、彼女の両手に自分の手のひらを合わせる。

ぱちん、と小さな音が鳴った。

「スポーツで感涙作戦もだめかぁ」

帰りの電車の中で星野はぽつりと呟いた。応援しすぎてしまったのか、その声は掠れていた。

「でも、面白かったよ。優勝がかかった大事な試合で、僕がそのチームのファンだったら、もしかしたら泣けたかもね」

ふうん、と星野はまた悔しそうに唇を尖らせる。僕を泣かせることに失敗したときの、お決まりの仕草だ。

「ねえ瀬山くん。来週の日曜日って空いてる?」

「たぶん空いてるけど、なんで」

「それは当日のお楽しみってことで。また今日と同じ場所で待ってて」

星野はそう言って不敵な笑みを浮かべる。またなにか企んでいるらしい。

星野はいろいろと策を弄してくれるが、この世に僕を泣かせてくれるエンタメなど果たして存在するのかと、もはや諦めつつあった。

翌週の月曜日と火曜日は星野とレンタルDVDショップを回って、店員さん一押しの映画を教えてもらってそれを借りた。部費がまだまだ余っているそうで、レンタル料はそこから捻出する。水曜日と木曜日に借りた映画をふたりで視聴して、星野だけが号泣する。今ではそれがお決まりのパターンとなっていた。

そして、迎えた日曜日。

真夏の太陽に肌をひりひり焼かれながら、自宅の最寄り駅まで歩く。

電車を降りると、先週と同じ駅の構内にある球体のオブジェの前に向かう。休日なので構内は混雑していたが、見慣れたポニーテールの少女はすぐに見つかった。今日は派手な赤い半袖Ｔシャツと黒のスカートを合わせている。Ｔシャツの前面には『Red Stones』とでかでかと書かれていたが、僕は彼女の左腕に注目した。包帯がぐるぐる巻かれていたのだ。

「その包帯、どうしたの？」

「ああ、これ？　料理してるときに油が跳ねて、火傷（やけど）しちゃった」

星野は左腕を隠すようにして言った。

「ふうん、ドジだな。で、今日はどこ行くの？」

察してはいたが、星野は「着いてからのお楽しみ」とお決まりの台詞を口にした。

黙って彼女のあとを追い、たどり着いたのは中規模のライブ会場だった。

辺りを見回すと、星野と同じ赤色のＴシャツを着た若い女性が多い。胸元には『Red Stones』の文字。

「もしかして、今日ってここでライブがあるの？」

「正解！　って、ここまで来たらわかるよね」

「僕、チケット持ってないけど」

星野は鞄の中からチケットを二枚取り出し、一枚を僕にくれた。

「ほら、前に話した映画研究部の先輩いるでしょ？　本当は一緒に行く予定だったんだけど、先輩入院してるから行けなくて。誰か誘って行ってきてって言われたから、遠慮なく受け取って」

少し申し訳ない気もしたけれど、先輩のチケットを無駄にするのも悪いなと思って素直に受け取る。今度手土産を持って入院先の病院へお礼を言いに行こうと心に決めて。

「レッドストーンズ？」

チケットに記載されている知らないアーティスト名に首を傾げる。幼い頃から音楽を聴くことも禁じられていた僕は、その名前に聞き覚えがなかった。

「え、レドスト知らないの？　超有名だよ！　最近は音楽番組にたくさん出てるし、高校生が選ぶ好きなバンドランキング一位なんだよ」

そうだとしても知らないものは知らない。レッドストーンズのすごさを力説する星野を置いて、僕は会場に入った。

「音楽って人の心を揺さぶるよね。私、レドストの曲を聴いて泣いたことある」

僕が音楽を禁止されていた理由も、まさにそれだ。両親はとにかく涙を流す恐れのあるものを僕から遠ざけた。音楽で泣く人もいれば絵画や写真を見て泣く人だっている。どれが僕の涙を誘発するかわからないから、両親は極力僕を家から出さなかった。

「それでね、ギターを務めてたリュウジっていうメンバーがいたんだけど、去年亡くなっちゃったんだよね。火事に巻きこまれたおばあさんを救って。めちゃくちゃ泣いたなぁ。私、リュウジが亡くなる直前のライブ観にいったんだけど、そのときも感動して泣いた」

星野の話によると、レッドストーンズはギターのリュウジの死後、三人で活動しているらしい。作詞作曲を務めていたリュウジに代わってボーカルのショウヤが曲づくりを引き継いだ。いろいろと山あり谷ありのバンドなのだと彼女は教えてくれた。

「もともと有名だったけどリュウジの行動が称賛されて国内はもちろん、海外でもレッドストーンの音楽が注目を浴びて来年はヨーロッパツアーを敢行するんだって。天国のリュウジもきっと喜んでるよね」

「へえ。それはすごいな」

レッドストーンズが動画投稿サイトに投稿した楽曲の再生回数が、リュウジの死後、驚異的に伸びて数千万回再生され、世界的なアーティストになったらしい。

星野はその後も自慢げに彼らの活躍を熱弁した。

「映画研究部の先輩、桃香ちゃんっていう私の幼馴染みなんだけど、ボーカルのショウヤの大ファンで、来られなくて悔しがってたよ」

僕はそこで初めて先輩の名前を知った。先輩が女だったことすら知らなかった。帰りにボーカルのグッズでも土産に買って帰ろうと決めて、ようやく見つけた座席に腰掛けて開演を待った。

いつの間にやら星野はペンライトを握っていて、赤く光らせている。周囲に目を向けると、ほとんどの観客がペンライトを赤く発光させていた。

照明が落ち、会場が赤一色に染まる。初めて見る幻想的な光景に僕は目を奪われた。

数分後にメンバーが登場し、会場は熱気に包まれる。隣の星野が赤く光らせたペンライトを振り、メンバーの名前を呼ぶ。片方の手は口元に添えられていた。

すぐに演奏が始まる。この曲は『アジフライ定食』という奇抜なタイトルなのだと星野が耳元で教えてくれた。

星野はその後も、今歌っている曲はどんなものなのか、詳しく解説してくれた。これは失恋の曲であるとか、親友を喪(うしな)った曲であるとか、実際に起きた殺人事件を基にして作られた曲であるとか。

星野は僕が歌詞に共感できるように、曲が始まるたびに解説を入れて泣かせようとしてきた。

しかしあまり効果はなく、涙が流れる気配はなかった。それよりも会場が騒がしすぎるせいで毎回耳打ちしてくる星野との距離が近くて、彼らのパフォーマンスに集中できない。

ライブ中盤のＭＣで、メンバーたちが亡くなったリュウジの思い出話を始めると、星野はもちろんのこと、客席のあちこちですすり泣く声が聞こえてきた。リュウジがどんな人物だったのか知り得ない僕は、そうなんだ、と頷くことしかできなかったけれど。

ライブは二時間ほどで終了し、星野はレッドストーンズの公式タオルで汗と涙を拭っていた。

「最高のライブだったね」

会場の外に出ると、星野は満足げな表情でライブの感想を口にする。「そうだね」と、僕は余韻に浸っている星野に合わせる。ミュージシャンのライブを間近で見たのは初めてだったので、会場の熱気と迫力に圧倒された。

そこから国道まで歩いて、僕と星野はファミリーレストランに入店した。夕食を一緒にとろうと昨日から約束していたのだ。

店員が来て、一番奥のボックス席に案内される。

「外食するの久しぶり。こういうところ、あんまり来ないから」

「僕も久しぶりかも。瀬山くんは？」

ふたりとも同じハンバーグセットを注文し、星野は鞄の中から小さめのノートとボールペンを取り出してテーブルの上に広げた。例の涙ノートだ。

「なに書いてるの？」

「なにって、今日の活動記録だよ。ちゃんと書かないとね」

「映画研究部なんだから、ライブは関係なくない？　そもそもこの部活って真剣に映画を研究してないよな」

今さらな気もしたけれど、ずっと思っていたことを指摘する。映画を観て本を読んで、サッカー観戦をしてライブに参戦して、あまりにも自由すぎる。

「まあまあ、楽しければなんでもオッケーな部活だから」

ノートに書きこみながら星野は言う。活動記録とはいっても、涙ノートは部で共有しているものでもないし、書く必要があるのか疑問だ。

「なんて書いたのか読ませて」

「だめ」

僕が涙ノートの後半ページを見てしまってから、星野はノートを貸してくれない。その件も実はずっと気になっているのだが、どう切り出していいかわからず、未だに聞けずにいた。

星野は書き終わると、ノートをぱたりと閉じて鞄の中に入れる。テーブルの上に置いてある彼女の携帯が先ほどからずっと振動しているが、彼女は一向に確認しようとはしなかった。

沈黙が気まずくて、僕は手持ち無沙汰に携帯を触る。今日は部活動の一環だと星野は言っていたが、よくよく考えてみればこれは単なるデートだ。そう思うと頬が熱くなった。

「瀬山くんは門限とか大丈夫？　もう遅いけど」

「昔は厳しかったけど、今は緩くなったから全然平気。星野は大丈夫なの？」

腕時計に目を落とすと、時刻は午後八時半を回っていた。平気とは言ったが、こんなに遅い時間まで外出したのは初めてのことだった。

「うちも大丈夫。そんなに厳しくないから」

「そうなんだ」

今になって、そういえば僕は星野のことを全然知らないな、と思った。普段は映画や本の話ばかりで、彼女の私生活について質問したことがなかった。星野も自分のことはあまり語らない。が、会話のネタとしては悪くない。僕は当たり障りのない話題を振ってみた。

「星野って、きょうだいとかいるの？」

僕が訊ねた瞬間、グラスを持ち上げていた星野の手がぴたりと止まった。気のせいだろうか、顔も強張っている。

彼女は数秒固まったあと、何事もなかったように水をひと口飲んだ。

「お待たせしました。ごゆっくりどうぞ」

ちょうど注文したハンバーグセットが運ばれてきて、会話は中断される。店員が去っていくと、星野はさっそくハンバーグにナイフを入れ、食べ始めた。

「うん、おいしい！　瀬山くんも早く食べなよ」

「あ、うん」

タイミングが悪かったせいか、僕の質問はなかったことにされていて戸惑った。聞いてはいけない話題だったのか、それとも空腹のあまり食を優先しただけなのか。しかしいくら待っても、星野からの返答はなかった。

「もうすぐ夏休みだね。瀬山くんはなにか予定あるの？」

ハンバーグを口に運びながら星野は訊ねる。

「とくにないかな。毎年家で過ごしてるし、今年もその予定」

「えええ。せっかくの長い休みなのにもったいない。私は家にいるの好きじゃないから、夏休みは常に出かけてると思う」

その話を聞いて、もしかすると星野は家庭になんらかの問題を抱えているのではないかと推察した。きょうだいの話を振ったら答えてくれなかったし、家にいるのが好きじゃないと今はっきりと口にした。星野の携帯が先ほどからひっきりなしに鳴っているのは、親からの帰宅を促す連絡ではないだろうか。

「ちなみに夏休みもちゃんと部活あるからね。まだ瀬山くんに観せてない映画とか本もあるし、行きたいところもあるから暇なら付き合ってもらおうかな。あと、桃香ちゃんのお見舞いにも一緒に行こうよ」

「あ、お見舞いは行きたい。チケットのお礼したいし、映画研究部に入ったのに挨拶できてないし」

そうだね、と星野は優しく微笑む。桃香先輩の見舞いもそうだけれど、夏休みも部活があると知って素直に嬉しかった。

夏休みは毎年家でゲームをして過ごすことが多かった。一緒に出かける友人のいない僕にとっては退屈な時間でしかなく、夏休みなんか早く終わってほしいと思ったこともある。

ちなみに僕がプレイするゲームは格闘ゲームやシューティングゲームがほとんどで、ＲＰＧは禁止されていた。ＲＰＧは巧みな物語構成とクリアしたときの達成感で涙を流す人が多いらしく危険だと、父が買ってくれなかったのだ。

「じゃあ夏休みの初日は桃香ちゃんのお見舞いに行こう！　桃香ちゃんにも伝えとくね」

「うん、わかった」

そのあと星野は食後のデザートにいちごパフェを注文し、僕はべつに食べたくなかったのだけれど彼女に合わせて和風パフェを注文した。

「私の夏休みの目標は、瀬山くんを泣かせることに決定しました」

いちごを指でつまんで口の中に放りこみ、幸福に満ちた顔で星野は高らかに宣言した。

「なにその目標。星野はさ、どうしてそこまでして僕のことを泣かせたいの？」

ふと疑問に思ったので訊ねてみる。いくら僕が泣かないからといって、そんなにむきになることでもないような気がした。サッカー観戦もライブ観戦も、もっと仲のいい友人と行く方がよっぽど楽しいに決まっている。僕のような無感情の人間より、感動を分かち合えるような人と一緒にいた方が何倍も楽しめるはずなのに。どうして彼女は一円の得にもならない僕の涙にこだわるのか、気になった。

「なんでだろうね。わかんないけど、泣けないのってかわいそうだと思ったから、かな？　泣きたいときに泣けないのって、相当辛いことだと思うし、不幸なことなんじゃないかなって。最初はただかっこつけて女子の前で泣きたくないのかなって思ってたけど、そうじゃないみたいだし」

持っていたスプーンをテーブルの上に置いて、星野は続ける。

「私も一時期辛いことがあって、なにをしても涙が出ない時期があったんだ。そのときそばにいてくれたのが桃香ちゃんでさ、桃香ちゃんのおかげで私は救われた。だから私も、瀬山くんのこと救いたいなって思っただけ」

真っ直ぐな瞳で星野は話した。彼女の思いを聞いて胸が痛くなる。僕はただ、星野を利用して自分の命を終わらせようとしているだけなのだ。僕を救うということは僕にとって、死を意味する。

それを知らずに星野は僕を救いたいと言ったのだ。後ろめたさを感じて彼女の目を直視できない。

涙失病患者は一度に小さじ一杯分の涙を流すと死に至る。そのことを彼女にちゃんと説明するべきか、迷った。

「塞ぎこんでた時期に、思いっきり泣いたらすっごくすっきりしたんだ。心が軽くなったの。だから瀬山くんにも涙を取り戻してほしいなって、そう思っただけだから。桃香ちゃんが退院したら、三人で部室で泣けたらいいね。桃香ちゃんも私ほどじゃないけど、涙脆いよ」

星野の健気な言葉を聞いていると、罪悪感に苛まれた。このまま彼女を利用していいものか、わからなくなる。

「知ってる？　涙ってさんずいに戻るって書くでしょ？　つまり涙は、本当の自分に戻る機会を与えてくれるものなんだよ」

「本当の自分に……」

「そう。悲しい涙でも嬉しい涙でも悔しい涙でも、その気持ちはいつか必ず自分の力になって戻ってくるんだよ」

へえ、と僕は感心して呟く。涙を流せば、昔の僕に戻れるのだろうか。泣き虫で感情表現を上手にできていたあの頃の僕に。

涙は本当の自分に戻る機会を与えてくれる。涙を流したときの気持ちはいつか、自分の力になって戻ってくる。

星野のその言葉は、いやに耳に残った。

「なるほどね。なんか、協力してくれてありがとう」

「うん。まだまだ泣ける映画や小説知ってるから、任せといて！」

星野は親指を立てて力強く言った。

とりあえず涙失病のことは黙っていよう。泣いたら死ぬ病気だと彼女が知ったら、今の僕たちの関係は終わりになってしまう気がした。

一毫の涙

夏休み初日。午前中は部屋で星野に借りた小説を読んで、午後になって家を出た。

先日、星野と行ったライブから帰宅すると、父が一冊の本を手に僕の帰りを待っていた。それは帯に『号泣必至』と書かれている、星野から借りた本。ついに父に見つかってしまったのだ。こっぴどく叱られたが、僕も反論して険悪な雰囲気になった。

それから父とはまともな会話はしていない。父がなにか話しかけてきても僕は空返事をするだけで、すぐに会話は途切れる。涙失病とはいえ、僕にだって泣く権利はあるはずだ。

取り返した本はまた父に見つかることのないよう、家を出る前に鍵付きの引き出しに隠した。

携帯を片手に地図アプリを見ながら、昨日星野に教えてもらった市立病院までバスで向かう。そこは桃香先輩が入院している病院で、母が搬送され、亡くなった場所でもある。

『一階の入口付近で待ってる』と星野から連絡があったので、バスを降りてから少し走った。

そこは緑に囲まれた病院だった。母が亡くなったときに来たことはあったが、そのときは気がつかなかった。病院の敷地内は何本もの立派な木が植えられていて、花壇も充実しており、街中にあるとは思えない。

それらをひと通り眺めたあと、入口へと向かう。自動ドアの向こう側にポニーテールの少女が見えて、星野だとすぐにわかった。

「お、来た来た。早かったね」

携帯の画面を見ていた星野は、僕に気づくと手を振って笑った。長袖のTシャツにミニスカートを穿いて、今日もラフな服に身を包んでいる。

「星野こそ。まだ待ち合わせの十分前だよ」

「私は午前中から来てたからね。桃香ちゃんとゲームして遊んでた」

ついてきて、と星野は僕に背を向けてエレベーターの方へと歩いていく。

エレベーターに乗りこむと、星野は四階のボタンを押した。階数が一、二、三と上昇するたびに緊張は増していった。

「ここが桃香ちゃんの病室だよ」

僕の先を歩いていた星野は、四階東棟の一番奥の病室の前で足を止めた。閉ざされたドアの横には、病室番号と『岩澤(いわさわ)桃香』と書かれたネームプレートが貼ってある。桃香先輩の名前しかそこにはないので、どうやら個室らしかった。

「桃香ちゃん、入るよー？」

桃香先輩が返事をする前に、星野は病室のドアを開けた。

病室の中央に位置したベッドに腰掛けた、髪の長い少女がひとり。手には携帯ゲーム機が握られていて、そこから軽快な音楽が流れていた。

「こんにちは。あなたが瀬山くんね。岩澤桃香です。よろしく」

桃香先輩はゆったりとした動作で僕の方に体を向けると、優しく微笑んで小さく頭を下げる。綺麗な人だと思った。星野も顔は整っている方だと思うけれど、桃香先輩はいわゆる美人タイプで、びっくりするほど肌が白い。

「あ、こんにちは。えっと、初めまして。瀬山慶です。星野と同じ二年で、クラスも同じです。ちょっと前に映画研究部に入部しました。よ、よろしくお願いします」

拙い自己紹介になったなと、言い終えて恥ずかしくなる。人と関わることを避けていた弊害がここにきて出てしまった。そんな僕の慌ただしい自己紹介を見た星野は、からからと声を上げて笑う。

「あはは。瀬山くん緊張してる？　桃香ちゃんが美人だからだ」

「ただ人見知りなだけだよ、うるさいな」

「照れなくていいのに」

「照れてない」

僕と星野のやり取りを見て、桃香先輩は口元を押さえて上品に笑う。この上品さを星野も見習うべきだと思った。

「涼菜から話は聞いてるよ。本を読んでも、映画を観ても泣けないって、本当？」

桃香先輩の癖なのか、おおらかなリズムで紡がれる言葉が耳に心地いい。

「あ、はい。感動しないことはないんですけど、どうしてか涙が出なくて」

「ねえ桃香ちゃん。瀬山くん、最初私になんて言ったと思う？　泣いたら死ぬ病気って言ったんだよ？　笑っちゃうよね」

星野は言いながらくすくすと笑う。僕は否定せずに、彼女に合わせて苦笑するに留めた。

「桃香ちゃんの一押しの泣ける本を瀬山くんに貸してあげたら？　桃香ちゃんは私より詳しいから、きっと泣かせてくれるよ」

後半は僕に向かってそう言った星野に桃香先輩は「そうね」と囁いて、ベッドの脇にある木製の棚から数冊の本を手に取り、そのうちの一冊を僕に差し出す。

「この本、いいと思う。気に入ってくれるといいんだけど」

「たぶん気に入ると思います。ありがとうございます」

桃香先輩にお礼を言ってから受け取った本を鞄に入れる。ふと視線を感じ、そちらに目を向けると星野が目を細めて僕を見ていた。

「なんか、私に本を借りるときと全然態度がちがうね。悪いけど、桃香ちゃんの好きなタイプ、感情表現が豊かな人だから瀬山くんは当てはまらないと思うよ」

涼菜やめて、と桃香先輩は照れくさそうに笑う。桃香先輩に好意を抱いたわけではないけれど、勝手に振られたことにされて納得がいかなかった。
「あ、そうだこれ。ライブのチケットのお礼です。グッズ、ほとんど売り切れてて
ちょっとしか買えなかったんですけど、よかったら」
僕は鞄の中から赤いビニール袋を取り出して、それを桃香先輩に渡す。先日のライ
ブで買った、レッドストーンズのボーカル・ショウヤの缶バッジやキーホルダー、ス
テッカーに付箋など、会場でしか手に入らないものだ。
「瀬山くん、ありがとう。大切にします」
「いえ。こちらこそありがとうございました」
「やっぱり私とは全然扱いがちがう」
星野が不服そうに口を尖らせる。
桃香先輩は僕がプレゼントしたグッズを手に取って、愛おしそうに眺める。大人し
そうに見えてロックバンドが好きだなんて、そのギャップも桃香先輩の魅力のひとつ
なのかもしれない。
それから僕たちは三人でゲームをして遊んだ。僕はゲーム機を持っていなかったの
で、星野にコントローラーを借りた。携帯ゲーム機をテレビに繋げて大画面でプレイ
する。きっと個室でなければできなかっただろう。ここが病院だということを忘れる
くらい賑やかだった。

「ふたりとも、今日はありがとう。瀬山くん、また遊びに来てね」

気づけば病院の夕食の時間が迫っていて、その前に帰宅することになった。星野はわかりやすく表情を曇らせる。今日一日見ていてわかったが、星野は桃香先輩を実の姉のように慕っていた。妹のように甘えてみたり、かと思えば桃香先輩が手こずっていたペットボトルの蓋を開けてあげたり。姉妹のようでもあり、親友のようでもあった。

「また来ます」と告げて、僕と星野は病室をあとにした。

「いい子だったでしょ、桃香ちゃん」

市立病院前のバス停でバスを待ちつつ、星野は誇らしげに言う。

「うん。いい人だった」

「私はまた明日も行くけど、瀬山くんはどうする？」

「僕はいいかな。二日連続なんて迷惑だと思うし。また今度行くよ」

「そんなことないのに。私は明後日も明々後日も行くし、来週も行くと思うからまた一緒に行こうね」

夏休みは毎日桃香先輩の病室に通い詰める勢いだ。そんなに家にいるのが苦痛なのだろうか。訊ねてみたかったが、先日きょうだいのことを聞いたときの彼女の拒絶するような反応を思い出して、やっぱり聞けなかった。

「部活もちゃんとやるから、また連絡するね」

「うん、わかった」

そう返事をしたあと、すぐにバスがやってきた。星野はステップを駆け上がり、一番後方の座席に腰掛ける。僕も並んで座った。

盗み見るつもりはなかったが、なんとなく星野の手元に視線を向けると、彼女は携帯を操作していて画面がちらりと見えた。

『何時に帰るの？　早く帰ってきなさい』

それは我が子を心配する親からのよくあるメッセージにすぎない。しかし、星野の表情は沈んでいた。

「はあ」

星野は小さくため息をついてから、届いたメッセージに返信することなく画面を閉じる。僕と同じような悩みを彼女も抱えているのかもしれないし、僕らの年頃なら親を煩わしく思っていてもなんら不思議ではない。でも、そうではないなにかを内に秘めているような、もっと深刻なものを抱えこんでいるような気がした。

「ん？　どうかした？」

僕の視線に気づいたらしい星野は、小首を傾げる。僕はなにも見なかったことにして、「なんでもないよ」とさらりと答える。

そっか、と力のない声が返ってきた。星野は窓の外に視線を投げる。腕時計をちらりと見ると、もうすぐ午後六時半を回ろうとしていた。

隣からは再び小さなため息が聞こえてくる。そのとき脳裏に浮かんだのは、星野の涙ノートに書かれていた『消えたい』という文字だった。

たった四文字の言葉が、家に帰ってからも頭から離れなかった。


夏休みの最初の週で僕は宿題をすべて終わらせた。予定が詰まっているから早めに済ませたわけではなく、もともとそういうタイプなのだ。毎日コツコツ減らしていくやり方も悪くはないが、夏休み中盤で体調を崩したら面倒なことになる。ギリギリまで休みを満喫し、後半に集中して宿題を済ませるやつの気が知れなかった。

その日は朝から準備をして、制服に着替えて家を出た。

昨夜星野から、『明日部活だから、九時までに学校に来て！』と連絡があった。なんの予定もない僕は彼女に従うしかなく、言われるがまま家を出たのだった。

夏休みに学校へ行くと、どうしてか損をした気分になる。歩き慣れた通学路に生徒の数は少ないが、補習を受けに来た生徒や、運動部の生徒の姿がちらほら見受けられた。

四階の空き教室に入ると、星野は僕よりも先に来ていて本を読んでいた。ＤＶＤプレイヤーはすでにセットされており、いつでも上映可能となっている。

「あ、おはよう。早かったね」

「おはよう。今日はどんな映画？」

鞄を机の上に置いて、さっそく本題に入る。星野は読んでいた本に栞を挟んで閉じ、

「ちっちっち」と人差し指を左右に振って狡猾な笑みを零した。

「私がそんなワンパターンな女に見える？　今日は趣向を変えて、これを視聴しようと思います」

星野の隣に腰掛けて、彼女が差し出したＤＶＤのパッケージを受け取る。

『ピーナッツマンお笑いライブ２０２３』。

見たところお笑い芸人の単独ライブＤＶＤらしかった。趣向を変えすぎな気がして面食らう。気分転換、小休止、といったところだろうか。

「笑い泣きってあるでしょ？　涙が出るほど笑ったことって、ない？」

「ないね」

「即答しないでよ。たしかに瀬山くんってあんまり笑わないよね」

そう言いながら星野はディスクを抜き取ってプレイヤーにセットし、「中古で二百円で買えた」と補足を入れる。二百円で死んでたまるかと思った。

「こんなので泣けるとは思えないけど」

「それはわからないよ。なにが瀬山くんの心を動かすか、いろいろ試してみる価値はあると思う」

星野はリモコンを操作して再生ボタンを押す。それから机の上に置いていたビニール袋の中からオレンジジュースとサンドイッチを手に取った。

「これ、私の朝食だからあげないよ」

「べつに欲しいなんて言ってないんだけど」

軽口を叩きつつ、目の前の映像に集中する。手を叩きながら舞台に上がったふたりの男が、マイクスタンドの前でさっそく漫才を始めた。

「あははははっ！　やばいやばい」

ふたりの軽妙なかけ合いを見て、星野は声を上げて笑う。片方がふざけたことを口にして、もう片方が大声で突っこみを入れる。延々とその繰り返しで、僕にはなにが面白いのかさっぱりわからなかった。

「ピーナッツマン最高だね」

星野は目元の涙を指で拭う。こんなもので泣けるのかと、彼女の涙腺の緩さにいつものように呆れ果てる。もし彼女が涙失病を患っていたとしたら、呆気なく死んでいたにちがいない。

星野が泣いたり笑ったりするたびに、ノートにあった『消えたい』という言葉が頭をかすめる。問いただしてみたい気持ちもある。なにが彼女を苦しめているのか、僕は知りたかった。

「ん？　なに？」

「あ、ごめんなんでもない」

ライブ映像よりも、つい星野の顔を見てしまっていた。

その後も漫才やコントなどが九十分続いたが、僕は泣くどころか笑うこともなかった。

「明日、桃香ちゃんのお見舞いに行くけど、瀬山くんも一緒に行かない？」

帰り際、ふたりで机を元の位置に戻していると星野が言った。

「いいよ。もう宿題全部終わったし、暇だから行こうかな」

「え!?　もう終わったの？　早すぎない？」

「夏休みの宿題はすぐ片付けるタイプだから。星野は毎日遊び歩いてるみたいだけど、宿題はちゃんとやってんの？」

「私は最終日に一気に終わらせるタイプだから。今は休みを満喫してるだけで、べつにいいの」

なにからなにまで僕とは正反対で、けれど彼女らしいな、と思った。

「気になってたんだけど、桃香先輩ってどんな病気なの？」

真っ白な顔の桃香先輩が頭に浮かぶ。健康的な顔色とは言えないが、先日話した限りでは普通の高校生にしか見えなかった。

「重度の貧血症らしいよ。桃香ちゃん、小さいときから貧血が酷くて頻繁に入院してるんだ。今回は症状が重くてちょっと長引いてるみたい。でも命に関わるものじゃないらしいから、大丈夫だよ」

「そうなんだ」

「桃香ちゃん、早く退院できるといいね」

うん、と返事をしてから空き教室を出る。桃香先輩が入院してからは部活動も思うようにできなかったのかもしれない。

「じゃあ明日、前と同じ時間に市立病院集合ね！」

「うん、わかった」

帰る方向が反対なので校門の前で星野とは別れ、駅まで歩く。今日は夕方から予定があるのだ。駅前のファストフード店で昼食を済ませ、書店や雑貨屋で時間を潰したあと、電車に乗って目的地へ向かった。

電車を降り、駅舎を出て徒歩十分。目的の市民ホールへと足を踏み入れる。そこは中規模のコンサートや舞台劇など、多目的に使用される文化施設らしい。

『感涙イベントは二階です』という案内板が入ってすぐのところにあり、その案内に従って僕はエスカレーターで二階へと進んだ。

イベントは第二会議室で行われるらしく、入室するとすでに数人の参加者が座席に腰掛けていた。室内は広々としていて、ざっと見た感じだと五十席はありそうだ。

僕は空いている適当な席に腰掛け、イベントの時間まで先日桃香先輩に借りた文庫本を読むことにした。

僕が涙を流すためには、映画研究部の活動だけでは限界があると最近感じていた。どうにかして泣ける方法はないかとネットで調べ、たどり着いたのがこの感涙イベントだった。

感涙イベントは、意識的に涙を流してストレスの解消を図るという、僕にはうってつけの内容で、学生の参加費は無料。これは行くしかないと思い、昨夜申しこみをして、こうしてひとりで参加したのだった。

もし僕がこの会場で涙を流して倒れたら、周りの人に迷惑をかけてしまうかもしれない、という不安がよぎる。けれど、それは仕方がないことだと諦めた。僕は、僕を救いたいのだ。涙が出てきたら迷うことなく思いっきり泣こう。それはこの場だけでなく、星野の前でも同じだと、改めて泣く決意を固める。

時間が経つにつれ、参加者は続々と集まってくる。男女比で言えば圧倒的に女性が多く、おそらく二十代から四十代くらいの人がほとんどだ。中にはスーツ姿のサラリーマンもいて、大人はなにかとストレスが溜まるのだなと、集まった人たちをちらちらと観察しながら思った。

「隣、座っていい？」

背後から届いた声に振り返る。黄色のTシャツに緑色の短パン姿の、ガムを嚙んだ茶髪の男が僕を見下ろしていた。肩にかけている鞄は青色で、目がちかちかした。

「うん、いいけど」

「どうも。俺、古橋充（ふるはしみつる）っていいます。高二です。よろしく」

「瀬山慶です。僕も高二。よろしく」

同い年には見えなかった。百七十センチの僕より数センチ高い身長や、髪の毛の色などから、大学生かと思った。

「ああ、これ？　夏休みだから染めてみたんだ。うちの高校けっこう厳しいから、普段は真っ黒でさ。染髪ＯＫの高校が羨ましいよ」

僕の視線に気づいたらしい古橋は、自分の髪の毛を指でくるくるいじりながらそう口にした。さらさらのマッシュヘアで、携帯の画面を鏡代わりにして執拗に前髪を気にしている。

「僕は髪の毛染めたことないから、べつに羨ましくもなんとも。それより古橋くんはなんでこのイベントに参加したの？」

「古橋でいいよ、同い年なんだから。俺も瀬山って呼ぶわ。このイベント、なんか面白そうじゃん。夏休みの宿題全部終わらせて暇だったし、偶然ネットで見つけて申しこんでみた。瀬山は？」

「なるほど。僕は……なにを観ても読んでも泣けないから、泣いてみたくて申しこんだ。ただそれだけ」

ふうん、と古橋は腕を組んでむすっとした。なにか彼の癇に障ることを言ってしまったのだろうか。よくわからなかった。

イベント開始時間になり、講師と思しき男性が入室してくる。集まったのは全部で十八人で思ったより空席が目立つ。

まずは講師がマイクを手にして涙の種類や効力について力説する。僕は星野から聞いていたので、その辺のことは知っていた。隣の古橋はメモ帳とペンをテーブルに置いて熱心に講師の話を聞いていた。

「情動の涙は聞いたことあるなぁ」

講師の言葉に、古橋はぼそりと呟く。彼のその姿を見るに、暇潰しではなく涙について学びに来ているのだと感じた。

「えー、泣きのツボは人それぞれちがっていて、家族愛や動物愛など、全部で百通り以上あります」

「へー、そうなのか。そんなにあるのか」

「泣ける映画を観るときは、部屋を薄暗くして、お香やアロマを焚くといいでしょう」

「なるほどねぇ。雰囲気づくりも大事なのか」

古橋は僕にしか聞こえない声で囁き、メモを取る。勉強熱心なやつだなと思いながらちらりとメモを覗くと、『人はなぜ涙を流すんだろう』という文字が見えた。

ひと通り涙についての講義が終わると、プロジェクタースクリーンを使って動画の視聴が始まった。スタッフたちはカーテンを閉め、室内の電気を消して泣ける空間を演出する。

全部で五つの短編動画を視聴した。恋愛ものや死別ものなど様々で、しかしあからさまに泣かせにきている制作陣の意図が透けて見えてしまい、どれも泣けなかった。

ほかの参加者はひとつ目の家族愛を描いた動画で泣いている人がちらほらおり、三つ目の動物愛の動画ではほとんどの人が涙を流していた。

「嘘だろ、おい。やば……。こんなんで泣けるんだ」

古橋は四本目の動画が終わった頃に、周囲を見回して小声でぼやく。同感ではあったが、前に座っているサラリーマンのおじさんが不愉快極まりないといった顔で振り返ったので、僕は首を傾げるだけに留めた。彼の友達だと思われそうで、できることなら席を替えたかった。

五本目の動画が終わったところで十分間の休憩時間となった。僕と古橋以外の参加者はほぼ全員が泣いていて、目元を押さえて席を立とうとしない。あちこちでグズグズと洟をすする音が聞こえ、ちょっと異様ですらあった。そんな参加者たちを見て、古橋は肩をすくめる。

「なんか拍子抜けだなぁ。もっと泣けるのかと思ったけど、あの程度じゃ全然泣ける気がしない。最後のじいさんが戦争について語る動画とか、全然ピンとこないし、そもそもここに来てるやつらなんか全員戦争未経験者なのに、よく戦争の話で泣けるよな。じいさんが語りながら流した涙と、それを聞いたやつが流す涙って、種類がちがう気がするんだよなぁ」

このイベントに対する酷評が止まらない。しかし彼の言うことは一理ある。自分が経験したことのない話で涙を流すのは、ただの同情の涙で、自分の本当の涙ではない気がする。悲しいときや嬉しいとき、悔しいときや怒ったときに流す涙とは別のところからきた、偽物の涙なのではないだろうか。その偽物の涙は、自分の本当の涙とはちがい、不純物が交ざった淀んだ涙なのではないかと思った。

そんな汚れた涙で人生を終えてもいいのだろうかと、古橋の話を聞いて考えさせられた。

「瀬山もそう思わない？　あと、なんか周りで泣かれるとしらけるっていうか、俺はこんなのじゃ泣かないぞって気になる」

「うん、わかる気がする。周りに合わせてとりあえず泣いてる人もいそう」

「だよな。瀬山とは気が合いそうだ」

　口は悪いけれど、僕の気持ちを代弁してくれているようで古橋を不快には思わなかった。的外れなことを言っているわけでもないし、素直で好感が持てる。ひとりで参加するのは心細かったが、今は彼がいてくれてよかったと思い、自分の都合のよい考えに苦笑する。

　休憩が終わり、次に講師が泣ける体験談をいくつか披露したが、僕も古橋も泣けなかった。話の冒頭からピアノ主体のＢＧＭが流れ、過剰な演出にむしろ興ざめしてしまう。

「あの泣かせにきてる感満載のＢＧＭがなければ少しはよかったのになぁ」

　講師の話が終わると、古橋は大きく伸びをしながら怠そうに言う。まさに同じことを思っていたので、やはり彼とは気が合いそうだ。

「以上をもちまして、当イベントは終了となります。みなさま、本日はお越しいただきありがとうございました」

　講師の締めの挨拶で約二時間にも及んだイベントは終了し、僕と古橋は余韻に浸っている参加者を尻目にさっさと会場を出た。

「期待してたのに全然泣けなかったなぁ。馬鹿みたいに泣いてる大人を見られたから暇潰しにはなったけど」

「古橋は泣きたかったの？　それとも本当に単なる暇潰しで来たの？」

最初は熱心に講師の話を聞いていたようだったが、途中からペンを投げ出して悪態をつき始めたし、彼が感涙イベントに参加した理由がいまいち摑めなかった。

傍（はた）から見れば冷やかしに来たようにしか見えないが、暇潰しがしたければわざわざこんなイベントに参加しなくたっていくらでもできるはずだ。ネットで調べて申しこむ手間や、会場までの道のりなどを考えると、なにか目的があって参加したとしか思えなかった。

古橋は押し黙ったまま歩く。市民ホールの外に出てから、彼はやっと口を開いた。

「泣くことって、涙ってなんだろうって昔から考えてるんだ。なんで人は泣くんだろうなって。いったいどういう仕組みで涙が出てくるのか、なぜ感動して涙が出るのか、それが不思議でさ」

真剣な面持ちで言う彼に驚く。

僕も考えたことはあった。涙失病と診断され、これまで涙について幾度となく思いを巡らせてきた。僕の人生にとって、涙は切り離すことのできないものとして苦しめられてきたのだ。僕と古橋は似ている気がした。

「なんかヒントをもらえるかと思って参加してみたけど、微妙だったなぁ。瀬山も泣きたいって言ってたけど、結局泣けなかったもんな」

「うん。でも最初から期待してなかったから、べつに気にしてないけどね」

「そっか。それにしても涙脆いやつらばっかりだったな。あれで泣けるとかちょっと理解できないなぁ」

「もっと涙脆いやつ知ってるけどね」

誰だよそれ、と古橋は笑ったが、僕はなにも答えなかった。もしも星野が今日のイベントに参加していたら、サクラだと疑われそうで思わずにやけてしまう。

なにがおかしいんだよ、とけらけら笑う古橋とは駅で別れた。


次の日は土曜日だったことをすっかり忘れていた。夏休みで曜日の感覚を失っていたのだ。昨日の部活で星野と桃香先輩の見舞いに行く約束をしていたが、父が家にいるせいで外出しづらい。

昨晩帰宅したあと、また父と軽く揉めた。星野に借りた本を見つかってから、父は僕の行動を訝しむようになった。

いつもどこでなにをしているんだと父に詰問され、友達と勉強してると僕は答えた。

父は得心がいかない様子でさらに問い詰めてきたが、僕はそれ以上のことは言わなかった。

僕が自ら進んで泣こうとしていることに、父は薄々勘づいているのかもしれない。感涙イベントに参加していたなどと告げようものなら、僕は残りの夏休みを自宅で過ごすことになりかねない。今までなら逆らわなかっただろうが、その反動か今は家にいるのが苦痛でならなかった。

「また出かけるのか。どこへ行くんだ」

父に気づかれぬようにこっそり玄関で靴を履いていたのに、背後から低い声が飛んできた。僕は振り返らずに答える。

「図書館で勉強してくる。涼しいし、捗るから」

短く、それらしい言葉を返す。鞄の中を見られてもいいように勉強道具一式を入れてある。桃香先輩に借りた文庫本は隠すように詰めた。

「勉強なら家でもできるだろう。わざわざそんなところへ行く必要ないんじゃないのか？」

「家でするより図書館の方が集中できることに最近気づいたんだ。今日は遅くならないと思うし、明日は家で勉強するから」

「……そうか。わかった」

その弱々しい声に振り返る。父は背中を丸めてリビングへと戻っていった。

もう少し言葉の応酬が続くと身構えていただけに、肩透かしを食った気分だった。

父の頼りない背中を見ると、急に申し訳なく思った。過保護すぎるけれど、僕の病気を憂慮してのことだと理解はしている。その父の思いを踏みにじっているようで、気分が晴れないまま家を出た。怒鳴り散らしてくれた方がよっぽどましなのに。

外は一週間ぶりに雨が降っていた。真夏の日照り続きのあとに降る雨を、喜雨と呼ぶらしい。大地を冷やすように降り注ぐ、夏の、喜びの雨。

桃香先輩に借りて読んだ小説に喜雨のことが書かれていたので、これがそうかと灰色の空を見上げて思いを馳せる。その小説の主人公は喜雨を全身で浴びていたが、僕はやめておいた。これから見舞いに行くのだからずぶ濡れになるわけにはいかない。

傘を差して病院へ向かった。

「今日も早かったね」

市立病院に着くと星野は僕よりも先に来ていて、なぜだか制服を着て学校指定の鞄を小脇に抱えていた。学校の外で会うときはいつも私服姿で小洒落たバッグを持ち歩いていたのに。

「なんで制服着てんの？」

「今日はね、桃香ちゃんの病室で部活やるから雰囲気出そうと思って。瀬山くんも制服で来てって言うの忘れちゃった」

星野は嬉々とした表情で鞄をぽんと叩く。だから制服で来たのかと納得した。

桃香先輩の病室に入ると、彼女は体を起こして本を読んでいた。雨がやんだのか、窓から差しこむ斜光が桃香先輩を照らしていて、それだけで絵になる。彼女は分厚い本を閉じて、にこりと微笑を浮かべた。

「瀬山くん、来てくれてありがとう。涼菜も、いつも来てくれてありがと」

「どうも。また来ました。よかったらこれ、どうぞ」

手ぶらで来るのも気が引けたので、途中でコンビニに寄って体によさそうなスムージーを購入してきた。彼女は破顔して、「どうもありがとう」と両手で受け取って丁寧にお礼を述べる。

「気を遣わなくていいのに」

「その台詞、星野が言うことじゃないと思う」

僕と星野のかけ合いを見て、桃香先輩は穏やかに笑う。前回も思ったが、この空間は僕には居心地がよく、早く病室ではなくあの空き教室で三人揃って部活ができるといいなと、ふと思った。

星野はさっそく鞄の中を漁り、見覚えのあるホワイトのポータブルＤＶＤプレイヤーをベッドテーブルの上に置いた。

「昨日桃香ちゃんと話して、今日はここで部活をやろうってことになったんだ。瀬山くんが入部する前も、何回かここで部活やったことあるんだよ」

小躍りでもしそうな声音で星野は言う。

数十分談笑してやっと、星野はプレイヤーにＤＶＤをセットし、観る前にトイレに行ってくると僕らに告げて退室した。

桃香先輩とふたりというのは初めてで、ちょっと気まずい。僕は携帯を手に取って間を持たせようとする。桃香先輩も僕とふたりの空間は居心地が悪いのか、落ち着かなげな様子で俯いていた。

「……ねえ瀬山くん。頼みがあるんだけど、聞いてくれる？」

桃香先輩が唐突に沈黙を破る。彼女の切実な声に、背筋が伸びた。

「頼み……ですか？　はい、えっと、なんでしょう」

「涼菜から、目を離さないでほしいの」

真剣な眼差しで僕の目をじっと見つめて、桃香先輩は言った。彼女が今口にした言葉を頭の中で咀嚼（そしゃく）してみたが、さっぱり呑みこめなかった。

「彼女が危なっかしいってことですか？」

僕にはそんなふうには見えないけれど、付き合いの長い桃香先輩が言うのならそうなのだろう。たしかに星野はそそっかしいところがあるが、小さい子どもではないのだから、目を離すなとは少し大げさな気がした。

桃香先輩は小さく吐息をついてから、やがて口を開いた。

「あの子ね、過去に二度、自殺未遂をしてるの」

がん、と後頭部を鈍器で殴られたような衝撃を受けた。聞きまちがいだろうかと一瞬考えたが、耳に残る桃香先輩の声を何度反芻しても、彼女はたしかに星野は自殺未遂をしてると僕に告げていた。しかも二回も。

もしかすると桃香先輩は僕のことを揶揄(からか)っているのではと疑ったが、次に僕の頭に浮かんだのは、星野の涙ノートに記された四文字のあの言葉だった。

『消えたい』と弱々しく、震える手で書かれたような文字。ノートにあったあのネガティブな言葉の数々は、やはり星野の心の声を反映したものだったのだ。

「実はね……」

「お待たせー」

桃香先輩が続けようと声を発した直後、星野が戻ってきて会話は中断される。桃香先輩は瞬時に表情を変え、星野に笑みを向ける。何事もなかったように星野といくつか言葉を交わし、それから映画の視聴が始まった。

「これね、桃香ちゃんの一押しの映画なんだよ」

「そ、そうなんだ。それは、楽しみだなぁ」

動悸が収まらない。もう映画なんてどうでもよかった。桃香先輩が口にしたことが頭の中を支配して、それ以外はなにも考えられなかった。

ただ流れている映像を目で追っているだけの百二十分間だった。ストーリーが一向に頭に入らず、誰が主人公なのかもわからないままエンドロールを迎え、気づけば星野と桃香先輩が静かに泣いていた。

「瀬山くんって、本当に泣かないんだね」

頬を伝った涙を拭いながら、桃香先輩は湿った声で言う。そんなことよりも先ほどの話の続きを聞かせてほしかった。

「ほらね、嘘じゃなかったでしょ？　桃香ちゃんの一押しでも倒せないなんて、強敵すぎるよね」

星野もぽろぽろ涙を零しながら僕を遠回しに非難する。ゲームのラスボスかのような物言いにむっとしたが、やはり今はどうだってよかった。

僕はちらちらと桃香先輩に視線を向けるが、彼女は僕と目が合うといつものようににこりと口角を上げるだけで、やきもきする。

「次はレッドストーンズのライブＤＶＤを瀬山くんに見せる？　リュウジの思い出を語るメンバーのＭＣ、めちゃくちゃ泣けるよね」

プレイヤーを片付けながら星野は桃香先輩に提案する。「うん、いいかもね」と桃香先輩もその案に乗った。

そのあとはまたふたりが女子トークを始め、僕は聞き役に徹する。ふたりのかけ合いは微笑ましかったが、朗らかに笑う星野を見ていると胸が痛くなった。

彼女が僕の前で見せていた屈託のない笑顔は、偽物だったのだろうか。彼女がいつも流していた涙には本当の理由があったのだろうか。

「また明日も来るね」

結局なにも聞けないまま帰る時間となった。そもそも星野がいる場で話すことなんてできないし、だから桃香先輩も星野が席を外したタイミングで僕に打ち明けたのだろう。とりあえず、彼女に借りた小説を返してから病室をあとにした。

「瀬山くんも明日また桃香ちゃんのとこ行く?」

市立病院前のバス停のベンチに並んで腰掛け、ひと息ついてから星野は口を開く。

僕は彼女の誘いには乗らず、「明日はいいかな」と答えた。

「そっかぁ。都合が合えばまた一緒に桃香ちゃんに会いに行こうよ。桃香ちゃん、ああ見えて寂しがりやなとこあるから、瀬山くんも来てくれるときっと喜ぶよ」

「……うん。また今度行けるときに」

「うん! 明日桃香ちゃんと相談して、次こそは瀬山くんを泣かせるからね」

白い歯を見せて笑う星野に、僕はぎこちなく微笑み返す。桃香先輩にあの話をされたあとでは、いつもどおり接するのは難しかった。

星野はまだ言葉を続けていたが、ほとんど頭に入らなかった。

毎年お盆になると父とふたりで母の墓を訪れる。僕が母を思い出して泣いてしまう恐れがあるため、当初は父ひとりで出向いていたが、ここ数年は僕も同行している。さすがにもう大丈夫だろうと、父も思ったのかもしれない。

家を出る際、庭に花を手向け、そこに眠っている愛犬のモコに手を合わせた。それから今年も父の運転する車に乗って墓地へ向かう。

助手席で、死んでから一度も泣いてやれなくてごめん、とモコに心の中で語りかける。もし僕が涙失病を患っていなければ、モコの墓前で涙していたはずだから。

車で一時間弱、道中の会話は少なく、父の問いかけに短く答えて終わるというのを何度か繰り返しているうちに到着した。母が天国から見ていたら嘆くかもしれないなと思ったけれど、父との会話は弾まなかった。

父が水を汲みに行っている間、僕は墓石とその周辺を掃除した。雑草を抜き、タオルで墓石の汚れを落とし、古くなった花を捨てる。曇り空で太陽は出ていないが、あっという間に汗だくになった。

それからお供え物を置き、花を挿した。

その後今朝と同じように、手を合わせて拝んだ。父と同じくらい僕の病気を心配してくれていた母が、今の僕を見たらどう思うだろうか。自ら泣こうとしているのを母が知ったらと思うと、途端に罪悪感に駆られた。僕はここに来る資格なんてないのではないかと、そんなことをふと考えた。

帰りの車内も、父との会話は少なかった。


翌日、僕は午後になってから桃香先輩の病院に向かった。

昨日墓参りのあと僕は星野に連絡をして、今日桃香先輩の見舞いに行かないと確認済みだった。だから桃香先輩に話を聞くチャンスだと思ったのだ。

突然行ったら迷惑かもしれない。が、そもそも連絡先を知らないのだから仕方ない。どうしても数日前の話の続きが聞きたかった。

星野が過去に二度、自殺未遂をしているというあの信じがたい話。ここのところなにをしていてもその話が頭に張りついて、気になって仕方がなかった。

桃香先輩の病室の前で一度深呼吸をして、ドアを二回ノックする。

「はーい、どうぞ」

中から柔らかい声が聞こえて、僕はそっとドアを開けた。

「失礼します」

体を起こして今日も読書に耽っていた桃香先輩は、目を丸くして僕を見た。そしてなにか察したように、ふっと口元を和らげた。

「今日はひとりなんだね」

「はい。この前の話、あれは本当なんですか？　星野が自殺未遂をしたって話です。それを聞きたくて来ました」

病室に入ってすぐにここへ来た目的を告げるのは躊躇われたが、思わずそう口にしていた。桃香先輩は僕に、「座って」と促したので、ベッド脇に置いてあった椅子に腰掛ける。

「あの……それで、星野は」

「うん、ちょっと待ってね」

桃香先輩は携帯を手に取り、指で画面をスクロールし始める。僕はしばらくその様子を黙って見つめ、やがて桃香先輩は「あった」と呟いた。

彼女は携帯の画面を僕に見せる。そこには制服を着たふたりの少女が映っていたが、その顔はまったく同じだった。

星野がふたりいる、と一瞬混乱したが、おそらく双子なのだろうとすぐに思考を切り替えた。予想外のことに驚き、言葉が出てこない。

「こっちが涼菜で、こっちの子が柚菜（ゆずな）。涼菜の双子の姉で、これはふたりが中学二年の頃の写真だったかな。家が近所で、ふたりとは昔から仲良しだったの」

「そうなんですね。星野に双子の姉がいるなんて知らなかったです」

以前星野に、きょうだいはいるのかと聞いたことはあった。しかし彼女は答えてくれなかった。なぜあのとき話してくれなかったのか、ずっと気になっていた。

「今はもう、いないんだけどね」

「……それって、どういう意味ですか」

「死んじゃったの。中二の秋に」

「え……」

言葉が出てこない僕を気にも留めず、桃香先輩は話を続ける。

「涼菜ね、中学の頃、同級生にいじめられてたの。なにが原因だったのか、学年がちがうから私にはわからないけど、とにかく酷いいじめを受けていたみたいで」

ひと呼吸置いてから桃香先輩はまた口を開く。体調が悪いのか、それとも話を続けるのが辛いのか、彼女の顔は苦痛に歪んでいた。

「柚菜がね、涼菜を庇うようになって、それからは涼菜に対するいじめはなくなったんだけど、しばらくしてから柚菜がいじめられるようになっちゃって。私も涼菜も、そのことに全然気づかなくて。気づいたときにはもう、手遅れだった……」

「いじめを苦に自殺……ってことですか」

桃香先輩は頷く代わりに、目の端から悲しみの欠片をひと粒零した。僕はポケットに入れていたハンカチを桃香先輩にそっと渡した。

「ありがとう」

桃香先輩は受け取ったハンカチで涙を拭う。以前は持ち歩いていなかったが、先日の感涙イベントで、いつでもどこでも泣けるようにハンカチやポケットティッシュを常に携帯することを勧められて、最近は持ち歩くようにしていた。

こちこちと、時計の針の音だけが静かな病室を支配する。僕は黙ったまま桃香先輩の次の言葉を待った。

それから桃香先輩は、時折流れる涙を拭いながら、ゆっくりと時間をかけて星野の過去を僕に話してくれた。

星野の双子の姉である柚菜さんは、星野よりも成績が優秀で、音楽の才能があったという。ピアノコンクールでは何度も入賞し、将来を期待されていた。しかしそんな才色兼備な柚菜さんの双子の妹である星野は、なにも持っていなかった。

成績は普通以下で運動も音楽も人並み程度。なにかにつけてふたりは比較されることが多かった。星野はそれでも自分を卑下することなく、姉を誇りに思っており、自分は自分、姉は姉だと割り切っていた。

妹のいじめを庇い、自らが標的になっても柚菜さんは顔色ひとつ変えず、常に気丈に振る舞っていた。星野と桃香先輩がいじめに気づいてからも、柚菜さんは終始気にしていない素振りを見せていたが、ついに限界がきてしまった。

遺書には『もう限界です。ごめんなさい』とだけ書かれていたという。

柚菜さんの死後、母親は精神的に病み、それを見ていられなくなった父親は家を出ていき、家庭は崩壊。星野は現在、母親とふたりで暮らしているらしい。

柚菜さんを溺愛していた母親は、「あんたのせいで柚菜が死んだ」「あんたのせいで父親は出ていった」と星野を罵倒した。

自分のせいで姉は死に追いやられ、父も出ていった。次第に星野はそう思い詰め、本当は自分が死ぬはずだったかもしれない姉の命日に自殺を図ったのだという。

一回目の自殺は未遂に終わり、二回目また一年後の姉の命日に試みたが、星野は死ねなかった。桃香先輩は泣きながらそう口にした。

その話を聞いて、胸が詰まりそうになった。鼻の奥が痺れるような不思議な感覚に襲われたが、涙が溢れることはなかった。

「涼菜、今は落ち着いてるけど、うつっぽくなったり、元気になったりを繰り返してて。もしかしたら今年も自殺を図るかもしれない。私は入院してて涼菜のそばにいられないから、瀬山くん、涼菜のことをお願いできる?」

桃香先輩は涙に濡れた目で僕を見つめる。僕にできることなんてあるのだろうか。

すぐには答えられなかった。

「涼菜の手首、たくさん傷があるの知ってる？　隠してると思うけど、自傷してるみたいで……」

　ふと思い出した。星野は夏でも長袖を着ていることが多いし、体育でもジャージの上着を脱いでいなかった記憶がある。半袖を着ているときは腕に包帯を巻いていて、火傷をしたと話していたがあれは嘘だったのだ。

「僕に、できることってあるんですか？」

「涼菜を、たくさん泣かせてほしい」

「泣かせる？　どうしてですか？」

「私がどうして感涙部……今は映画研究部だったね。その部活を立ち上げたか、わかる？」

　ようやく涙が止まったらしい桃香先輩は、ハンカチをぎゅっと握りしめて僕に訊ねる。彼女がこの謎の部活を始めた理由なんて、考えてみてもさっぱり見当がつかなかった。

「人は涙を流すとね、不安だとか、そういうネガティブな感情がリセットされるの。私はそれを知ったとき、涼菜をたくさん泣かせようと思った。だから部活を立ち上げて、泣ける映画や本を調べて、涼菜に勧めた。そうしたら涼菜、落ちこむことが少なくなったの。だから、これまでどおり部活を続けて涼菜を泣かせてほしい」

それから桃香先輩は、涙の効能を教えてくれた。涙には三種類あるだとか、自律神経が整うだとか、以前星野から聞いたことばかりだった。星野が涙に詳しかったのは、おそらく桃香先輩の受け売りだったのだろう。

「それなら泣かせるより、笑わせた方がいいんじゃないですか？」

「私も最初はそう思ったんだけど、泣いた方が効果は高いみたい」

それに涼菜は泣き虫だから、泣かせる方が簡単なの、と桃香先輩は小さく微笑む。

たしかにそのとおりだなと、僕も思った。

「ひとつ、注意点があるんだけど」

桃香先輩はそう言って人差し指を立てる。「なんですか？」と僕は訊ねる。

「バッドエンドの物語は観せたり読ませたりしないでほしい。そういうお話は、気持ちが引っ張られるから」

「なるほど……」

思い返してみれば、今まで星野と観た映画や借りた本はハッピーエンドがほとんどだった。中には悲しい結末を迎えるものもあったが、その場合もただ悲しいだけでなく、最後には救いの光が差すような、優しい物語が多かった。

それは心に留めておこうと頷いて、一度深く息をついた。ここまで話を聞いて、ようやく息継ぎができたような気がした。ただ座って話を聞くだけでこんなに疲労感に襲われたのは初めてかもしれない。

「わかりました。星野のことは、僕に任せてください。たくさん泣かせます」

桃香先輩は伏せていた顔を上げ、「うん。涼菜をよろしくね」と笑った。

帰る前に桃香先輩と連絡先を交換し、僕たちは星野を救う同盟を結んだ。

人と深く関わることを避けてきた僕にとって、桃香先輩の頼みは重たかった。しかし僕も桃香先輩と思いは同じで、星野に死んでほしくないと思ったから引き受けた。

どうやって星野を泣かせようかと頭を捻ったが、よくよく考えたら僕はなにもする必要はないのでは、という結論に至った。これまでどおり星野は僕を泣かせようとして、勝手に自滅する。だから僕は、桃香先輩が言ったように部活動を継続し、星野を泣かせる。ただそれだけでいいのだから簡単だ。今までとなにも変わらない。

なんだ、楽勝じゃん、とひとり頷きながらバスに乗った。車中で肝心なことを聞き忘れていたことに気づき、さっそく桃香先輩にメッセージを送った。

『星野の姉の命日って、いつですか？』

星野は二度、姉の命日に自殺を図ったと桃香先輩は言っていた。その日がいつなのか、把握しておかなければならない。

すぐに桃香先輩から返事が届く。

『十一月十六日だよ。言い忘れたけど、私が涼菜を泣かせるために部活を立ち上げたことは、あの子には内緒にしてね』

『わかりました』と返信して画面を閉じる。またすぐに携帯が鳴って、今度は星野からのメッセージが届いた。

『来週部活あるから、制服で、また桃香ちゃんの病院に集合ね！　日にちは後日、お知らせします』

僕の思いなど知る由もない星野は、呑気にそんなメッセージを送ってきた。星野は僕を泣かせようとし、僕も星野を泣かせようとする。今までとは僕のスタンスが異なるが、結局やることは同じだった。

『了解』と短く送って、今度こそ携帯をポケットにしまった。

夏休みが終わるまであと三日。

僕はその日、星野と午後から約束があった。どうしても夏休み中に観たい映画があると彼女が言い出し、誘いに応じた。

その前にひとりで桃香先輩の病室に立ち寄る。昨夜彼女から話があるとメッセージが届き、午前中なら大丈夫ですと告げて会うことになったのだ。

「ちがってたら申し訳ないんだけど、瀬山くんって、涙失病だったりする？」

桃香先輩の病室に入ってすぐ、単刀直入な言葉に僕の思考は停止する。まさか彼女の口からそんな言葉が出るなんて、思ってもみなかった。

「どうしてそれを……」

「え、やっぱりそうなの？　瀬山くんが涼菜と初めてここに来たとき、涼菜が言ってたこと、ずっと引っかかってて」

僕は記憶の糸を辿る。ここへ初めて来たとき、星野がなにか言っていただろうか。彼女は僕の病気のことを知らないはずだから、涙失病に関することはなにも口にしていないはずだ。一ヶ月ほど前のことなのに思い出せなかった。

「泣いたら死ぬ病気だって、涼菜に話したことあるでしょ？　私もあのときはただの冗談だと思ってたけど、もしかしてと思って」

最近読んだ小説の中に、涙失病を扱ったものがあったのだと桃香先輩は言った。彼女はその本を読んで涙失病という病気を知った。そして星野の言葉を思い出し、僕があまりにも涙を流さないものだから、もしやと思って訊ねたのだという。

「涙失病なのに、どうしてこの部活に入ったの？」

それは当然の疑問だった。泣いたら死ぬ男が自ら進んで涙を流す恐れのある部活に入部したのだ。どう考えても普通の行動じゃない。

僕は観念して、これまでの経緯を彼女に話す。一年以内に死のうとしていることは伏せ、泣けない生活に嫌気がさして少しでいいから泣いてみたいのだと説明した。

「そうだったんだ。泣けないのが辛くて……」

「はい。星野には絶対に内緒にしてください。それと、その涙失病患者が出てくる小説も、彼女には貸さないでください」

「それはかまわないけど、泣いたら死んじゃうんだよね？　本当に部活続けて大丈夫なの？」

「大丈夫です。桃香先輩も知ってのとおり、僕はなにを観ても泣けないので。だから僕のことは気にしないでください」

桃香先輩の悲愴な顔を見て、話すべきではなかったと後悔した。ただでさえ星野のことで悩んでいるのに、さらなる憂い事を増やす結果になってしまった。

「ちなみになんですけど、その涙失病の小説って、どんなお話なんですか？」

「あ、うん。まだ読んでる途中なんだけどね、これがそう」

桃香先輩はベッドテーブルに置いてある一冊の本を手に取る。タイトルは『一毫の涙』となっていた。

「涙失病を患った主人公の青年が、不治の病にかかったヒロインに恋をするお話」

「…………」

その短いあらすじを聞いただけでなんとなく結末が見える。読みたいとも思わなかった。

このあと星野と映画を観にいくことなどを話し、約束の時間が迫ってきたのでそろそろ、と腰を上げる。

桃香先輩に背を向けると、「瀬山くんって、涼菜のこと好きなの？」と思いがけない言葉を投げられ、驚いて振り返った。

「いや……星野は、そういうのじゃないです」

「今、一瞬考えたよね。私には本当のこと話していいんだよ？」

「本当にそんなんじゃないですから」

「顔、赤くなってるよ」

慌てて顔を伏せる。ちらっと目を向けると、桃香先輩は口元を押さえて今日も上品に笑っていた。正直、僕自身、今の自分の気持ちがわからなかった。

「彼氏とか、大切な人がいたら涼菜も生きようって思ってくれると思うんだけどなぁ」

ひとり言のように彼女は呟く。僕はそれを聞き流して病室を出た。

駅へ向かうバスに乗車すると、桃香先輩からメッセージが届いた。

『これ、柚菜の演奏』

その短い言葉とともに、動画投稿サイトのＵＲＬが貼られていた。

それをタップすると、『星野柚菜ピアノチャンネル』という画面に飛んだ。チャンネル登録者数は三千人弱で、僕はイヤホンを挿して『ショパンの子犬のワルツ弾いてみた』という動画を再生する。

手元が見えるように斜め後ろから撮影しているため、顔は見えなかった。ポニーテールの小柄な少女が鍵盤に指をのせ、ピアノを弾き始める。

数秒後、その巧みな指捌きに舌を巻く。体を小刻みに揺らし、少女は懸命に音を紡ぐ。

この動画を撮っているのは星野だろうか。映像がややブレ気味なので、撮影者はおそらく手でカメラを持って撮影しているにちがいない。

動画は柚菜さんが亡くなった日の、約一ヶ月前に投稿されていた。彼女はこのとき、どんな気持ちでピアノを弾いていたのか。美しいメロディに耳を傾けながら、そんなことを思った。

桃香先輩の病室に長居しすぎたせいで、待ち合わせ時間を十五分も過ぎてしまった。星野は今日も長袖の服を着ていつもの球体のオブジェの前で僕を待っていた。

「あ、やっと来た。映画の時間に間に合わなくなっちゃうから急ごう」

「遅れてごめん。なんか奢るわ」

「じゃあ、ポップコーンね」

　僕が頷くと、星野はにこやかに笑う。桃香先輩に星野の過去を聞いてから何度か顔を合わせたが、快活な彼女の姿を見るたびにやっぱり嘘なのではないかと疑いたくなる。いや、そう信じたいだけなのかもしれない。

　駅舎を出て徒歩数分のところに映画館はあった。僕が映画館で映画を観るのは人生で二度目になる。

　一度目は中学の頃。男女五人で泣けると話題になっていた映画を観にいき〝冷酷人間〟と評されたあのときだ。そして二度目が今日。現在大ヒット中のアニメ映画を星野は観たいと言った。

　予約していたチケットを発券し、三番劇場に入場して席を探す。

「小さな画面で観るより、やっぱり大画面で映画を観た方が感動できると思う」

　座席に着くと、星野は小声でそう話す。たしかにいつもは十五インチの小さな画面で映画を視聴しているから、僕も新鮮ではあった。

　視界いっぱいに広がる巨大スクリーン。たったそれだけのことで子どものようにわくわくした。星野も上機嫌に僕が奢ったポップコーンを口に運ぶ。一緒に食べようと彼女が言うので、少し大きめのサイズを買っていた。

　最新映画の予告が終わり、本編が始まる。当然だが辺りは真っ暗で、嫌でも目の前の映像に向き合わなくてはならない。自宅や部室代わりの空き教室で映画を視聴しているときとは比較にならないほど物語に集中できる。もしかしてこれは泣けるのでは、と期待した。

しかし環境を変えても、僕の瞳から熱いものが零れることはなかった。隣からはすすり泣く声が聞こえるが、これもいつもどおりだった。

周りが泣いているのにどうして自分だけが泣けないのだ、と焦ったことは一度もない。でも、かつてはあんなに涙脆かった僕が、こんなに感動的な映画を観ても泣けなくなってしまったのかと絶望した。感動していないわけではないのに、連動して涙が分泌されない。涙失病患者にとってはすばらしいことなのかもしれないが、僕はこの泣けない毎日から脱却したかった。

中学のときも、映画を観て泣けなかった僕は友人たちの輪の中に入れなかった。面白かったと告げたのに、涙を流した、流さなかったのわずかなちがいだけで糾弾され、分かち合えなかった。

人間はなにかを目にしたり聞いたりして、心が動かされて当たり前なのだ。だから友人たちの主張もわからなくはなかった。

僕はロボットと同じだ。心を持ってはいけないし、常に無感情で生きていかなくてはならない。いや、なんの役にも立たないから、ロボット以下だ。

この先の人生で、もうどんなことがあっても泣けないのだと思うと死んだ方がましだと思った。

そんな絶望しかない人生に、生きる意味を見出せなかった。

ふと気づくと、スクリーンにはエモーショナルな音楽とともにエンドロールが流れていた。星野はさめざめと泣いていて、ハンカチで目元を押さえて肩を震わせている。今日も星野を泣かせるというミッションは、なによりも簡単にクリアできた。

上映が終わり、場内は明るくなる。観客たちがぞろぞろと退出していく中、星野は立ち上がれない様子だった。

「余韻が……余韻が……」

そう呟きながら涙を流し続ける姿に苦笑する。僕は浮かせた腰を下ろし、彼女が泣きやむまで待った。

「よし、出よっか」

数分後、晴れ晴れとした顔で星野は立ち上がる。泣いたあとのすっきりした感覚をもう何年も味わっていないので、心底羨ましかった。

映画館を出て近くのカフェへ移動し、今しがた観た映画の感想を語り合う。

「今年観た映画の中で一番よかったかも。桃香ちゃんも連れてきたかったなぁ」

注文したアイスティーをひと口飲んでから星野は言った。そうだな、と頷いて僕も抹茶ラテを飲む。ほろ苦い抹茶の風味が、口いっぱいに広がっていった。

「あ、そうだ。忘れないうちに書いておかなきゃ」

そう口にするや否や、星野は鞄の中から水色のノートを取り出し、テーブルの上に広げる。

映画のタイトルにちょっとしたイラストを添えて、短く感想を綴る。この涙ノートを目にすると、後半のページに記載されたあの言葉が頭をよぎる。しかし、今の星野からは自死を選択するような気配は一切感じ取れなかった。

そのときふと思いついたことがあって、僕は携帯のカメラを起動し、文字を書いている星野を写真に収めた。

「ん？　今写真撮った？」

「抹茶ラテを撮ったんだよ。ＳＮＳに載せようと思って」

「もうほとんど残ってないじゃん」

星野は納得がいかない様子だったが、再び涙ノートに視線を落として続きを書き始めた。

僕はテーブルの下でこっそり携帯を開き、長らく放置していたツイッターを開く。ツイッターのアプリを起動したのは一年ぶりだろうか。まだログインできたことに驚きつつ、とある人物のアカウントページに飛ぶ。

何年か前に人の死を予言できることで話題となった、ゼンゼンマンというアカウント名の人物。ゼンゼンマンとはドイツ語で死神を意味する言葉だそうで、九十九日以内に死ぬ人間を言い当てることができるらしい。それも、的中率は驚異の百パーセント。

死神に顔写真を添付してＤＭを送ると、寿命が見えた人にだけ返事がくるらしい。僕も何度か自分の写真を送ったことがあるが、返事がきたことは一度もない。

星野の姉の命日まで、あと九十九日を切っている。もし星野が十一月十六日に死ぬのなら、返事がくるはずだ。僕は星野の写真を添付し、ゼンゼンマン宛てにメッセージを送った。

「よし、できた！」

星野の声に、はっと顔を上げる。彼女は映画の感想を書き終えたらしく、涙ノートを閉じて鞄に入れた。

僕は急いで携帯の画面を閉じ、残りの抹茶ラテを一気に飲み干す。

「瀬山くん、今日の映画でも泣けないかぁ。困ったね」

アイスティーをちびちび飲みながら、星野はため息をひとつ零した。

「べつに星野が困ることないじゃん」

「そうだけどさ。でも、こうなるとどんな手を使ってでも泣かせたくなってきた」

「無理だと思うよ」

星野は唇を尖らせて、またアイスティーをひと口飲む。

本当に泣ける日が来るといいなと、不貞腐れた顔を向ける星野を見て僕は笑う。でも、もし泣いてしまったらもう星野とは会えなくなるし、彼女を救うこともできなくなってしまうのか。

思い出したようにまた映画の話を始めた星野に相槌を打ちながら、僕はふとそんなことを思った。

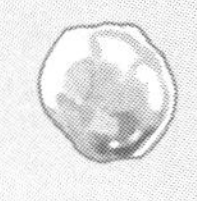

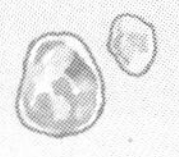

舞台上の涙

長かった夏休みが終わり、二学期が始まった。星野は最終日まで宿題に手をつけず、桃香先輩に手伝ってもらったそうだが結局終わらなかったらしい。担任に怒られて泣きそうになりながら、放課後、部室で読書に勤しむ僕の隣で必死に取り組んでいる。

「瀬山くんは文化祭の劇、なにかやるの？」

ちょっと休憩、と彼女は自分に言い聞かせてから僕にそんな質問をしてきた。先ほどホームルームで十月に行われる文化祭のだし物を皆で話し合い、僕たちのクラスは劇をやることになったのだった。

演目は『ロミオとジュリエット』に決定した。もっと現代的で客の興味をそそるような演目はなかったのかと個人的には反対だったが、多数決で決まったのだからなにも言えない。僅差で不採用となった『ハリー・ポッター』に比べたら現実的ではあるけれど。

そもそも劇をやりたいと言い出したのは演劇部所属の高橋で、今年は部員が少なくて文化祭で披露できないからと、僕たちクラス全員を巻きこんだのが発端だった。反対の声も少なくなかったが、代替案を提示する者も現れず、劇に決まってしまった。

「うーん。演じるのは嫌だから、音響か照明か、道具係かな。星野は？」

「私も演じたくないから、衣装係か道具係にしようかな」

「無難なとこだね」

　肝心の役割分担は、演劇部の高橋がロミオを演じる以外は決まらなかった。なんとなく悲劇の話であることは把握しているが、僕はロミオとジュリエットがどんなストーリーなのかまったく知らない。

「今さらなんだけど、ロミオとジュリエットってどんな話なの？」

　僕が唐突にそう訊ねると、星野は天井を見上げて記憶を辿る。

「えっとね、簡単に説明すると、敵対する家に生まれた男女が恋をして結婚するんだけど、家族に反対されて駆け落ちしようとして、最後は誤解からふたりとも死んじゃうっていうお話」

「うん。……うん？　最後なんで誤解して死んじゃうの？」

　理解したつもりでいたが、後半部分が説明不足な気がして再度訊ねる。誤解からふたりとも死ぬなんていったいなにが起きたのか、見当もつかなかった。

「たしかジュリエットが教会で仮死の薬をもらって死んだふりをして、その隙にふたりで逃げ出そうって計画だったんだけど、ロミオにその計画がうまく伝わってなくて。それでジュリエットが死んでしまったと誤解したロミオは毒薬を飲んで自殺するの」

　星野の口から自殺というワードが出て、思わず背筋が伸びる。まるでその言葉を自分とはまったく無縁のような、従容な態度で口にするものだから聞きまちがいかと思った。

彼女は動揺する僕に気づかず、顔色ひとつ変えずに続ける。

「それで、仮死状態から目覚めたジュリエットはロミオが死んでいる姿を見て絶望して、彼の短剣で自殺する。それを見た両家は酷く後悔して、和解するっていう悲しいお話」

またしても星野は僕が敏感になっている単語を口にする。ストーリーが全然頭に入らなかったが、とにかく悲しい物語であることだけは伝わった。

「私、ロミオとジュリエットは悲しくて泣いちゃうんだよなぁ。バッドエンドは苦手」

「バッドエンドか……」

桃香先輩の言葉をふと思い出す。バッドエンドの物語は、気持ちが引っ張られるから観せるなと彼女は言っていた。多数決で決まったことだし、今さら演目を変えてくれとは言えそうにない。今のところ星野は自殺をするようには見えないが、もしこの劇が引き金になったらと思うと、途端に不安に駆られた。

「桃香ちゃんも文化祭来られるといいね」

「あ、うん。そうだね」

桃香先輩は入院が長引いてしまった影響でおそらく今年は留年確定らしく、来年もう一度高校三年生をやり直し、卒業することが目標だと言っていた。

その話をしたとき、来年は三人一緒のクラスになれるといいねと星野も口にして、彼女の口から来年の話が出たことに、僕も桃香先輩も内心ほっとしたのだ。

その後星野はようやく宿題を終わらせ、僕たちは部室を出て昇降口へ向かう。星野が行きたいところがあるというので、僕も付き合うことにした。

「じゃあ、瀬山くん運転お願い」

「え、ふたり乗りして行くの？」

星野は駐輪場で自転車の鍵を解錠してカゴに鞄を入れると、ハンドルを僕に握らせて自分はさっさと荷台に腰掛けた。

「だって、瀬山くん歩きだから時間かかるじゃん」

時刻はもうすぐ夕方の五時を回ろうとしている。九月の上旬とはいえ、あと一時間もすれば辺りは薄暗くなってしまう。

「これから行く場所、そんなに遠いの？」

「自転車で行けば三十分もかからないと思う。歩きだと一時間はかかるよ」

それを聞くともう断れなかった。僕は自転車のサドルに腰掛け、星野を乗せて走り出す。

「ふたり乗りって、青春って感じがしていいよね」

僕の制服を遠慮がちに摑んで、星野はぽつりと言った。僕は答えず懸命にペダルを漕いでいく。

たしかに青春だなと思う。高校生の男女がふたり乗りをして、風を切って街中を颯爽と走り抜ける。なにかの映画で観たようなワンシーンが自分に訪れるとは。

しかし、現実はそう甘くはなかった。幼い頃から家で過ごしてばかりいた僕に、ふたり分の体重を支える体力はなかった。

星野の声に答えなかったのは、正確に言えば返事をする余裕がなかったからだ。自転車はふらついているし、段差があるとバランスを立て直すのに苦労した。

全身は汗だくで太ももはすでに悲鳴を上げている。必死に歯を食いしばっている今の僕の顔は、決して彼女に見られたくなかった。

想像以上の重労働。あのキラキラと輝いていた青春映画のふたり乗りのシーンは、幻想だったのだと内心で悪態をついて進んでいく。

「そこの信号右ね」

急な方向転換の指示に慌ててハンドルを切る。上機嫌で体を揺らしたり、僕の背中を叩いてきたりと、後ろは賑やかだ。最後は僕も楽しくなって、わざと段差のある道を通って反撃を試みた。

そうすると星野はまた僕の背中を叩いて、くすくすと笑う。

「運転手さん、ここで降ろしてください」

やがて星野はタクシーの運転手に告げるように言って、僕はブレーキを握りしめて自転車を止める。慣性の法則に従って星野は僕の背中に顔面を打ちつけて声にならない悲鳴を上げる。

ふと顔を上げると、目の前にあったのは瀟洒な建物で、どうやらそこは美術館らしかった。

「今日の部活はここでやります」

鼻を打って涙目になりながら星野は言った。なんでも有名な画家の展覧会が行われているらしく、星野はそれを鑑賞したくて僕をここに連れてきたのだと語った。苦労して連れてきたのは僕の方なのに。

「美しいものを見て涙を流す人もいるし、もしかしたら瀬山くんもそっちのタイプの人かもしれないからね。泣ける可能性があることはなんでもやってみないと！」

たしかに僕は美術館を訪れたことはないが、絵を見ただけで泣くなんてことがありえるのだろうかと首を捻る。星野のように涙腺がゆるゆるな人か、もしくはその画家を敬愛してやまない、といった人物でないと難しいと思う。

学生料金で入館して絵画を眺めて回るが、思っていたとおり僕にはさっぱりよさがわからなかった。ほかの客を見ても泣いている人は皆無で、星野も芸術に疎いのかぽかんと口を開けて、窓辺で手紙を読んでいる女性が描かれた絵を黙って見つめていた。

「この絵とか、すごく綺麗だよね」

「ん？　うん、まあ、綺麗だと思う」

中世ヨーロッパの貴族のような人物の肖像画を指さして、星野は感嘆の声を上げる。綺麗だとは思うけれど、絵を描くのがうまい人であればこのくらいは描けそうだな、という感想しか抱かなかった。

その後も薄暗い館内を歩き、壁にかけられた絵画を星野と並んで鑑賞していく。星野は絵画に穴が空いてしまいそうなほど、じっと凝視する。が、彼女もその絵画の価値がわからないようで、首を傾げて歩を進め、また次の絵に視線を向ける。それを繰り返しているうちに出口が見えてきた。

「たまには芸術に触れるのもいいもんだね」

展覧会場の外に出ると、星野は満足げな表情で呟いた。涙腺の緩い彼女でもさすがに絵画を目にしただけでは泣けなかったらしい。とくに思い入れのある画家でもなさそうだし、初めて彼女がまともな人間と同じ反応を見せたので親近感が湧いた。

ただ、今日は星野を泣かせることはできなかったな、と後悔しながら美術館を出る。辺りはすっかり暗くなっていて、ぽつぽつと街灯が街を照らし始めていた。

「あ、お母さんから電話だ。ちょっと出てくる」

星野は僕に背を向け、数歩進んで携帯を耳に当てた。桃香先輩の話が嫌でも思い出される。姉の柚菜さんが亡くなったあと母親は精神的に病み、星野の存在を否定したというあの話が。今はどうなのだろうと、聞き耳を立ててみる。

「わかってるって。今帰るから」

学校では聞いたことがないような低い声で告げて、星野は通話を切った。振り返った彼女の顔は、いつになく暗く沈んでいた。彼女の口ぶりから察するに、今でも親子関係は修復できていないのかもしれない。

「帰ろっか」

星野が力なく口にしたとき、僕の携帯も鳴った。画面を見ると、感涙イベントのお知らせメールだった。申しこみをしたときにメールアドレスを登録していたので、定期的に送られてくる。

メールを開いてみると、来週の日曜日の午後四時から前回と同じ市民ホールでまたイベントが開催されるらしかった。『前回よりパワーアップした感涙イベントを開催します！』と記載されているが、あまり食指が動かなかった。

「途中までまたふたり乗りして帰ろう」

「……うん」

鞄をカゴに放って荷台に腰掛ける星野を見て、閃いた。

「あのさ、来週の日曜日って、暇？」

「うん？　暇だと思うけど、なんで？」

「ちょっと付き合ってほしいところがあって」

　星野はきょとんと目を丸くしてから、ふっと笑みを浮かべる。

「いいよ、いつも私の行きたいところばっか行ってるから。瀬山くんからそんなこと言うなんて珍しいじゃん」

「たまにはいいかなと思ってさ」

　照れくさくて俯いて答える。そのあとは無言で自転車に跨り、ペダルを漕いでいく。

　ふたり乗りは二回目でも慣れなくて、左右にふらふら揺れながら暮れていく空の下を走り抜けた。


　迎えた感涙イベント当日。僕はイベントへ向かう前に、久しぶりに桃香先輩が入院している市立病院へ足を運んだ。夏休みが終わってからここへ来るのは初めてだが、最近はメッセージを送って星野の近況を報告していた。

「それで、文化祭で劇をやることになったんだ」

　桃香先輩の体調を確認してから星野の話を始める。体調は良好だそうで、顔色も悪くない。

「はい。僕と星野は道具係に決まって、少ない予算で毎日放課後に小道具や大道具をつくってます」

「いいなぁ、楽しそうで」

儚げに呟く桃香先輩を見て、返答に窮する。彼女も本当なら同級生たちと最後の文化祭を満喫していたはずだ。

「私のクラスはメイドカフェをやるみたい」と彼女はどこか諦観したように言った。

桃香先輩がいたら繁盛しそうなのに、と思ったが口には出さなかった。

「それで、どんな劇をするの？」

「はい、えっと、ロミオとジュリエットをやることになってます。ベタすぎますよね」

「あの悲しいお話を、クラスでやるのね」

「……やっぱり、あんまり望ましくないですよね」

そうね、と桃香先輩は吐息交じりに言う。僕と考えていることは同じようだった。

「もっとハッピーエンドで、爽やかな演目に変えられないの？」

「えっと、もう練習とかしてるし小道具もつくっちゃってるんで、難しいと思います」

「……そう」

高校生が演じる素人の劇なのだから、杞憂にすぎないのかもしれない。しかし、僕と桃香先輩が、星野が自殺を実行に移しかねないいかなる可能性も排除しておきたいと考えるのは当然のことだった。劇は映画とはちがって目の当たりにするわけだし、自分たちでつくり上げるのだから感情移入しやすく、星野に与えるダメージは計り知れない。負の方向へと気持ちが引っ張られないことを祈るしかなさそうだった。

「さすがに気にしすぎかもね。いくら涼菜でも、そんなことで気持ちが沈んだりしないわよね、きっと」

「だといいんですけど」

話し合いの結果、とりあえず静観して見守ろう、という結論に帰着した。僕のような発言力のない生徒が今さら駄々をこねたところでなにかが変わるわけもないのだから。

「今日は星野をたくさん泣かせる予定なので、任せてください」

そろそろ待ち合わせの時刻になるので、桃香先輩にそう告げて辞去した。

星野の姉の命日まで、残り二ヶ月。それまでに僕にできることは、星野を泣かせることしかなかった。

本当にそんなことで星野が翻意するのかはわからないけれど、泣くことで星野はいくらか落ち着きを取り戻したと桃香先輩が言うのだから、やってみる価値はありそうだ。

バスに乗り、後方の座席に腰掛けて携帯でツイッターを開く。

先日僕が死神に送ったメッセージには、返信はおろか既読すらついていなかった。

こんなものを信じているわけではないけれど、少しでも安心できる材料が欲しかった。

駅前で降車していつもの場所へ走る。構内にある球体のオブジェの前にポニーテールの少女がひとり。僕は声をかけようとして、上げた手を下ろした。

携帯の画面に視線を落とす星野の表情は、いつにも増して憂いを帯びていた。ここ最近、日が経つにつれ彼女の顔が陰っていくのを感じていた。おそらく彼女は、日に日に近づいてくる姉の命日を憂いている。

「よう！　お待たせ！」

キャラでもないのに、星野の肩を叩いて陽気に振る舞った。彼女は一瞬身構えたが、僕だと気づくとすぐに頰を緩める。曇っていた空が、瞬く間に晴れ渡っていくような笑顔。僕が本当に見たいのは泣き顔ではなく、その笑顔だった。

唐突に、星野にはこの先も生きていてほしいと思った。

「なんだ、瀬山くんか。びっくりしたなぁ。今日はやけにテンションが高いね」

「僕にだってそんな日くらいあるよ。じゃあ、行こうか」

「ふうん。って、どこに行くかまだ聞いてないんだけど」

僕はにやりと星野に笑みを向けて、「それは着いてからのお楽しみで」と告げた。

ずるい、と星野は不貞腐れたが、どの口が言うのだと僕は取り合わなかった。

駅舎を出て徒歩十分。市民ホールに足を踏み入れ、案内に従って二階の小ホールへと向かう。先月来たときとは会場が変わっていた。

「感涙イベント?」

案内板を目にして気づいたらしい星野は、僕に問いかける。

「今日はここで部活やるから」

星野にそう告げて、空いている席にふたり並んで座った。星野は受付で配布されたしおりに目を落とす。

「へえ~。面白そうだね」

「うん、まあまあかな」

「瀬山くん、ここ来たことあるの?」

「うん。先月、ひとりで」

私も誘ってよ、と文句を垂れる星野を軽くあしらって、周囲を見回す。前回の参加者が何名かいたが、新規の参加者も少なくなかった。相変わらず年齢層は二十代から四十代がほとんどで高校生っぽい人はいない。

「あれ? 瀬山じゃん。また来たんだ、お前」

その聞き覚えのある、やや高めの声に振り返る。真っ黒な髪に水色のシャツの少年が僕を見下ろしていた。

「えっと……誰だっけ」

「俺だよ、俺！　古橋！　先月もここで会ったじゃんか。って、髪の毛真っ黒にしたからわかりづらいか」

ああ、と思い出した。先月イベントで一緒になった古橋だ。前は明るいブラウンに髪の毛を染めていたから気がつかなかった。まさか今日来るとは思っていなかったので、ふたつの意味で驚いた。

「瀬山くんの友達？」

星野は古橋を見上げて小声で聞いてくる。

「まあ、友達というかなんというか」

「古橋充です。高二。よろしく」

「星野涼菜です。よろしく」

星野は微笑を浮かべて頭を下げる。古橋は「隣座ってもいい？」と聞いてきたが、僕が許可する前に座席に腰掛けた。

「もしかして彼女？　かわいいじゃん」

古橋が僕の耳元でそっと囁いた。僕は言下に否定する。

「いや、星野は同じクラスの……友達かな。それよりさ、前回あんなにぼろくそ言ってたのによく来たな。てっきりもう来ないもんだと思ってた」

「暇だったからな。俺も瀬山は来ないと思ってたのに、また来たんだな」

僕も暇だったから、と適当なことを言っておいた。

そうしてしばらく三人で会話をしたあと、イベントが始まった。前回と同じ四十代くらいの短髪の男性が講師を務める。古橋はまたメモ帳とペンをテーブルに置き、一応学ぶ姿勢はまだあるようだった。

まずは初参加者向けに簡単に涙について触れ、今回も短い動画の視聴から始まった。

全部で五本の動画だったが、すべて前回とはちがうものだった。

星野はあろうことか、一本目に再生された青春ものの動画で涙を流していた。開始わずか一分で、「ぐすん」と漫画で見たような泣き声が聞こえてきたので耳を疑った。

星野を泣かせるミッションは早くも達成されたが、中座はせずに居座った。

「涼菜ちゃんはまあいいとして、いい年した大人がよくこんなベタな動画で泣けるよな」

囁き声で古橋は呆れたように言う。また始まったか、と僕は愛想笑いだけ返した。

前回のイベントのときにも参加していたサラリーマンのおじさんが不機嫌そうにちらりとこちらを振り返ったので、僕は顔を伏せた。今日は日曜日なので、彼は私服姿だ。

動画を五本視聴した頃には星野は当然のこと、ほかの参加者も号泣とまではいかないまでも涙している人が多かった。古橋はすべての動画で泣いていた星野に気を遣ってか、今日は文句が少なめだった。

　十分間の休憩となり、星野がトイレに席を立った。

「感情によって涙の味が変わるって知ってるか、瀬山」

　退屈そうに欠伸をしたあと、古橋はしたり顔で聞いてくる。

「いや、それは初めて聞いたかも。涙って全部しょっぱいんじゃないの？」

「基本的にはそうなんだけど、怒ったときや悔しいときに流す涙はとくに塩辛いらしい。逆に悲しいときの涙や嬉し涙なんかは塩分濃度が薄くて、水っぽい味がするんだと」

　涙には塩素とナトリウム、タンパク質やカルシウムなどが含まれているが、涙の味はナトリウムが関係しているのだと古橋は続けた。

「よくわかんないけど、古橋って涙に詳しいんだな」

「まあ、涙について調べてた時期があったからな」

　この前もそんなことを言っていたな、と古橋との会話を思い出す。たしかなぜ人は涙を流すのか、それを知りたいと口にしていた。どうしてそんなことを知りたいのかはわからないが、知的好奇心の強いやつなのだと思った。

「それからな、男よりも女の方が涙脆いんだよ」

「たしかに、そんなイメージはある」

「それはな、プロラクチンっていうホルモンが関係してて……」

古橋が小難しい話を始めたので、僕は右から左に聞き流した。その後も彼は、涙は血液でできているなど、ためになるのかいまいちわからない雑学を披露してくれた。

星野が戻ってくると、イベントも再開して次は前回と同じく、講師が泣ける体験談の朗読を始めた。星野はまた涙を流し、古橋は講師の話に毒を吐く。

こうやって星野を泣かせるのはプロ、楽ちんだなと、先ほどの古橋の話に引っ張られてそんなことを考えた。馬鹿な考えを振り払い、講師の話に耳を傾けるが、やっぱり僕の涙腺はまったく緩んでくれなかった。

朗読が終わり、最後にゲストが登場した。シンガーソングライターとして活動している女性が、ピアノの弾き語りをするとのことだった。

曲のタイトルは『涙』。ストレートな歌詞と穏やかな曲調が耳に心地よく、聴いているだけでリラックスできた。

「これは普通にいい曲だな。今日のハイライトだわ」

口を開けば悪口しか言わない古橋も、珍しく褒め称えていた。星野は目を瞑り、彼女の澄んだ歌声と儚げで美しい旋律に耳を傾けている。その目の端からほろりとひと粒、涙が落ちた。

歌が終わると、会場内は参加者たちの盛大な拍手に包まれた。星野はもちろん僕も、いつも気怠げな古橋までもが指笛を鳴らして熱い賛辞を贈った。

講師の締めの挨拶でイベントは終了し、僕たち三人は会場を出る。星野はすっきりとした表情で、古橋は対照的にむすっとしていた。

「最後の歌はよかったけど、それ以外は今回も期待外れだったな」

「そうかなぁ。私は大満足だったけど、瀬山くんはどうだった？」

「う～ん。普通だったかな」

なんともバランスの取れた三人だなと思った。市民ホールの外に出ると日が暮れ始めていた。古橋も電車で帰ると言ったので三人で駅まで歩く。

「ふたりともよく泣かなかったね。古橋くんは瀬山くん二号みたい」

星野が子どもっぽくそう言うと、「俺、十年くらい泣いてないから」と古橋はカミングアウトした。

「え、十年？　瀬山くんより上がいたなんて……」

「そんなに珍しいかな。割とそういうやつ、いっぱいいると思うけどなぁ」

古橋は空を見上げて、力なく呟いた。彼も泣けない体質だったなんて知らなかった。涙を流せないから、涙について調べていたのだろうか。

「じゃあ古橋も、本当は泣いてみたくてこのイベントに参加したってこと？」

僕の問いかけに、古橋は「そんなんじゃねーよ」と寂しげに笑う。

古橋はそれ以上なにも語らなかった。ここから先は踏みこんでくるなと、彼の横顔が語っていた。

「じゃあ、またな」

駅に到着して古橋と別れる。彼の言動からなにかを抱えこんでいるような印象を受けたけれど、会うのはまだ二回目だし、悩みを打ち明け合うような仲ではない。話してくれる雰囲気もなかった。

「古橋くんって、面白い人だよね」

古橋を見送ったあと、星野は彼をそう評した。待ち合わせをしたときに見た彼女の暗い表情は霧散し、瞳に光が戻っていて僕は安堵する。涙の効力はたしかに凄まじいのかもしれない。

「ちょっと変わってるけど、いいやつなんだよ、あいつ」

「そうだね」

電車が来るまでの間、今日のイベントについてふたりで話した。どの動画がよかっただとか、あの話がよかっただとか。

話は尽きなかったが轟音とともに電車がやってくる。逆方面に乗った星野を見送ってから、僕は自宅に向かう電車の到着を待った。

『今日は星野をたくさん泣かせました』

親指をぐっと立てる絵文字を足して、桃香先輩にメッセージを送った。この調子でいけば、きっと星野を救うことができる。根拠はないけれど、僕はそう確信していた。

『瀬山くん、ナイス。その調子で、涼菜をお願いね』

桃香先輩も同じ絵文字をつけて返信してくる。僕はそれに了解です、とうさぎが敬礼するスタンプを送り返して携帯をポケットに入れた。

自分自身を泣かせるという当初の目的は、今はどうだってよかった。いつの間にか僕の使命は、星野を泣かせて自殺を止めることに移行している。

人と深く関わることを避けていた僕が、なぜこんなに星野の事情に介入しているのか、自分でも説明ができない。でも、あの塞ぎこんでいた毎日よりも今が充実している実感がある。

次はどうやって星野を泣かせようか、戦略を練りながら到着した電車に乗車した。


「あのさ、ロミオとジュリエットやめて、やっぱりハリー・ポッターにしない？」

十月に入り、文化祭が一週間後に迫ったある日の放課後。僕はダメ元で演劇部の高橋に訊ねてみた。日に日に表情が陰っていく星野のためにも、やはりバッドエンドを回避したい。

「馬鹿かお前は。あと一週間しかないんだぞ。もう衣装も小道具もできてるのに、今さら演目を変えたら間に合わないだろ」

「そうだよな、ごめん」

ひと言謝って僕は草役に戻る。草といっても全身を緑に染めて草になりきるのではなく、道具係の僕は段ボールでつくった大道具の草の裏に隠れて、客席から見えないように後ろで段ボールを支えているだけだ。ほかにも噴水や墓石など、それっぽいものをいくつかつくった。

「だからやめなって言ったのに」

僕の横で別の草を支えていた同じく道具係の星野が、呆れたように言った。星野が多数決の際、ハリー・ポッターに投票していたのを思い出す。投票していたというか、彼女がハリー・ポッターを提案していたのだ。ハッピーエンドがいいのなら、ほかにもっと簡単で劇に使えそうな物語があっただろうに。そもそも文化祭の劇でハリー・ポッターって、魔法の演出とか難しすぎるだろ、と心の中で毒づく。

単なる思いつきを装ってなんとか演目を変えられないか訊ねてみたが、やはり却下されてしまった。

もう一度劇を頭から通して、その日の練習は終了した。

文化祭前日。最後のリハーサルは本番同様、体育館を使用して行われた。演劇部の高橋の熱心な指導のおかげか、ある程度劇は形になっていて、クラスの士気も上がっている。

「いよいよ明日だな」

大道具をステージ脇に運び終えて待機していた星野に、僕はそう声をかけた。

星野は「そうだね」とひと言呟いた。ここ最近は文化祭の準備などで部活はほとんど行っておらず、その影響なのか星野に笑顔は少ない。今週は一度だけ放課後に部活をしたが、ただ本を読んだだけで星野は笑顔を見せず、涙を流すこともなかった。

早いところ文化祭を終わらせて部活を再開し、これまでどおり星野を泣かせたかった。

星野の姉の命日まで、あと一ヶ月と少し。それまでに何回星野を泣かせられるか、いや、星野に生きたいと思わせられるかがなによりも重要なのだ。

リハーサルが始まり、僕と星野は場面に適した大道具を照明が暗転した隙に舞台上へと運び、裏に隠れて支える。また場面が変わり、暗転したタイミングで速やかに撤収し、次の大道具を舞台上に設置する。裏方も意外と忙しくて汗をかいた。

舞台上を慌ただしく駆け回り、ラストのロミオとジュリエットが絶命するシーンに突入した。僕は木を運び、星野は墓石をその近くに設置して背後に身を潜める。

「やっぱ、何度観てもラストは悲しすぎて泣いちゃうなぁ」

墓石の陰に隠れて星野は囁いた。

台本どおりロミオとジュリエットは命を落とし、物語は幕を閉じる。ジュリエット役の女子生徒の芝居が地味に上手で、演劇部である高橋は言うまでもない。そのふたりの際立った演技がすばらしく、必要以上に引きこまれてしまう。端役の生徒たちも高橋の猛特訓の甲斐あって自然な演技をし、感情を揺さぶられた星野は涙目になっていた。

「よし！　完璧だな。文化祭が終わったら、打ち上げしようぜ。カラオケだな」

リハーサルを終えて成功を確信した高橋は、舞台上で叫んだ。ほかの生徒たちも清々しい顔でそれに応え、舞台から下りていく。

「片付けよっか」

星野の弱々しい声を合図に、道具係たちは撤収作業を始める。バンド演奏のリハーサルにやってきた三年生の生徒たちが控えていたので、速やかに舞台を空けた。

体育館の外に出たとき、携帯が鳴った。

『外出許可が下りたから、明日の文化祭、見にいくね』

桃香先輩からのメッセージだ。僕と星野と桃香先輩のグループトークにそれは送られてきた。

「瀬山くん、桃香ちゃん明日来られるって！」

僕の先を歩いていた星野が振り返り、破顔して言った。ここ最近あまり見なかった彼女の笑顔に僕はほっとする。

「うん、僕も今見た。よかったじゃん、桃香先輩」

「そうだね、よかったよかった」

文化祭前日は丸一日準備に充てられているため、リハーサルを終えた僕たちは教室に戻り、再度簡単なリハーサルを行った。撮影係の生徒が撮った映像を高橋がチェックして問題点を洗い出し、そのシーンだけを繰り返し練習した。

ただの文化祭のクラス劇にそこまで熱意を持って取り組む必要はあるのか問いたかったが、彼に触発されて奮起する者も少なくなかった。年に一度のお祭りなのだから本気になるのはわかるし、水を差すのも野暮な気がして僕は黙ってクラスメイトたちの演技を見守った。

窓辺にいた星野は窓の外に視線を投げ、遠くを見つめているようだった。儚げな彼女が考えていることを、僕は知る由もなかった。

その日の夜。僕はベッドに寝転び、携帯を手に取ってツイッターを開いた。念のため死神からＤＭが届いていないか確認してみたが、既読はついていなかった。死神はここ数ヶ月ツイートすらしておらず、僕のDMに気づいていないのだろうと諦めた。

僕は次に、キーワード検索で『涙失病』と入力し検索してみた。認知度の低い病気ではあるが、それなりにヒットした。最新のツイートから順番に目を通していく。

『涙失病っていう奇病があるの最近知ったけど、一生泣けないの辛すぎるｗｗｗ』

『一毫の涙を読んで、世界のどこかで本当に涙失病に苦しんでいる人がいるんだなって考えたら、軽々しく泣くのはやめようって思った。苦しいときに泣けないのって、余計苦しくなっちゃいそう』

『涙失病って要は泣かなきゃいいだけでしょ。人は泣かなくても生きていけるんだし、なにひとつ不自由しなさそう。一生笑えないのはかなりしんどそうだけど、泣けないくらいなら余裕でしょ』

『普段生活してて泣くことはほぼないけど、お母さんとか、大切な人が死んじゃったら絶対泣いちゃう。私が涙失病だったらきっと人とは関わらずに孤独に生きると思う』

涙失病に関して言及する者が意外と多くて驚かされた。ずいぶん前に検索をかけたときはこんなにヒットしなかったし、半年前や数年前のツイートがほとんどだったが、たった今目にした呟きはどれも数日前だったり一週間前だったり、最近のものが多かった。

「一毫の涙か……」

静かな部屋で、ぽつりとひとりごちる。桃香先輩が読んでいた涙失病を扱ったあの小説。

涙失病に関するツイートをしていた人たちは、どうやら一毫の涙を読んでその病名を知り、言及しているようだった。涙失病を馬鹿にしている人もいれば同情の言葉を発信している人もいて、当事者である僕は興味深くそれらを読んでいく。

『ただ泣かなきゃいいだけじゃん。涙失病で死ぬ人なんて実際いるのかな』

たしかに涙失病の患者数に対して、死亡者は少ない。少しずつ病に蝕まれて命を落とすわけではなく、涙を流すことによって症状が現れるため、抗うことに関してはほかの病気に比べると容易いと言えるかもしれない。

僕が幼い頃からそうしてきたように涙を誘う娯楽を遠ざけたり、極力人と関わることを避けたり。人によっては何種類もの精神安定剤を服用していると聞く。

涙失病で亡くなる人は、家族を喪ったショックで不用意に涙を流してしまったり、周りとの交流を断った人が、ひとり暮らしの部屋で孤独に押し潰され、ついに号泣してしまったりと様々だと聞いた。感情を押し殺す生活に嫌気がさし、自ら命を絶った人や、精神安定剤を大量摂取して亡くなった人も少なくないらしく、これは涙失病の死者数としてカウントされていないという。

携帯を閉じて枕元に放り、真っ白な天井をじっと見つめる。今はとにかく、星野を泣かせ、救うことだけに集中しよう。彼女の姉の命日が過ぎるまでは。自分のことはそのあとでいい。

目を閉じて明日の文化祭のことを考える。ロミオとジュリエットの劇を間近で観て、涙を流す星野の顔が浮かんだ。それは決して僕が望んでいる涙ではなかった。

なにか手はないかと必死に考え、いくつか妙案が浮かんだ。それらを実行するかどうかは、明日決めよう。

何度も頭の中でシミュレーションを重ね、気がついたときにはカーテンの隙間から朝日が差しこんでいた。

「星野おはよう！　文化祭って、なんかすげーテンション上がるよなぁ」

教室の隅で本を読んでいた星野の肩を叩き、僕は過剰に明るく振る舞った。彼女に向けた笑顔が引きつっているのが自分でもわかる。でも、無理するなら今しかない。

「お、おはよう。いつもテンション低めの瀬山くんでも文化祭になると気分が上がったりするんだね」

「うん、文化祭だからな。そりゃあ嫌でもテンション上がるでしょ」

「そ、そうだね。ほかの皆も浮き立ってるもんね」

苦笑する星野を見て、方向性を誤ったかなと早くも後悔した。

昨夜思いついたひとつ目の案を実行してみたが、不発に終わった。近頃めっきり笑うことが減ってしまった星野を元気づけようと、キャラと恥を捨てて挑んだというのに、彼女は少し怖がってもいた。

忸怩たる思いを抱きつつ、話題を変える。

「桃香先輩って何時に来るんだっけ」

「桃香ちゃんは九時頃来るって言ってた。久しぶりの学校だから、桃香ちゃんすごく張り切ってたよ」

星野の顔に笑みが戻り、僕は安堵する。最初から普通に接するべきだったと悔やんだ。


九時になると文化祭が始まり、生徒たちは校内を回りに教室を飛び出していった。午後の開演に向けて演者組は教室に残って打ち合わせをした。

その打ち合わせが終わると机と椅子を教室の後方に移動させ、リハーサルが始まる。星野は窓に背を預け、リハーサルの様子を静かに見守っていた。星野と仲のいい友人たちは部活動のだし物があるとかで、教室を出ていった。その隙をついて、僕は昨日の夜に考えついたふたつ目の案を実行することにした。

「やることないんだったらさ、一緒に校内回らない？　桃香先輩も午前中は自分のクラスの手伝いするって言ってたしさ」

思い切って星野にそう声をかける。日に日に口数も笑顔も涙さえ減っていく星野を元気づけるために、彼女を連れ出して文化祭を満喫しようと昨夜思い立ったのだ。

星野は数秒固まったあと、頬を緩めた。

「うん、いいよ。最初はどこ行く？」

先日全校生徒に配布された文化祭のパンフレットを片手に、僕たちは教室を出る。まずは桃香先輩に会いにいくことになった。

「桃香ちゃん、もう来てるかな。桃香ちゃんのクラス、猫耳メイドカフェだって」

「桃香先輩も猫耳つけるのかな」

「つけてほしいんだ？」

「ちょっと見てみたい気はする」

「私も気になる」

そんな会話をしながら三年三組の教室を覗くと、中は満席状態で猫耳をつけたメイドたちが忙しなく接客をしていた。

「あ、桃香ちゃん！」

桃香先輩を見つけた星野は、手を振って彼女の名前を呼んだ。メイド服は着ていないものの、猫耳はしっかりつけている。

「ふたりともごめん。今満席だから、ちょっと待ってて」

「いや、私たちは桃香ちゃんを見に来ただけだから大丈夫。それより桃香ちゃん、具合はどうなの？」

　全然大丈夫、と桃香先輩は笑顔を見せる。クラスメイトたちからも体調を気遣われ、なにもしなくていいから座ってて、と彼女は怒られていたが、それにも大丈夫だからと答えていた。

「涼菜のこと、お願いね」

　教室を出ようとしたとき、桃香先輩がそっと耳打ちしてくる。もう何度彼女に星野をお願いされたかわからないけれど、「わかりました」と返した。

　僕と星野はそのまま三年生の教室から順番に模擬店を見て回った。お化け屋敷に入ってみたりチョコバナナを食べたり。それから体育館へ移動し、三年生が披露した創作ダンスやヒーローショーを見て時間を潰した。

「文化祭が終わったらさ、また部活やろう。星野に観せたい映画があるから」

「……うん、そうだね」

「桃香先輩が退院したら、あの感涙イベントにも三人で行こう。クリスマスとかも、どうせ星野もぼっちでしょ？　部室で三人でクリスマスパーティーとかしたら楽しいと思う」

「……うん。楽しそうだね」

「来年は受験生だけど、ぎりぎりまで部活は継続しよう。桃香先輩と三人で卒業できたらいいよな」

「……うん」

会話が続かず、星野との間ではあまり訪れることのなかった沈黙が流れる。昨夜考えた三つ目の案は、なるべく未来の話をするというものだった。話題はできるだけ明るい内容で、前向きになれるようなことを中心に。そうすれば星野も未来に希望が持てるだろうと考えた。そんなことで事態が好転するかはわからないけれど、なにもしないよりはましだと思った。しかし星野の反応は薄く、ポジティブ会話作戦も失敗に終わった。

その後、桃香先輩と合流し、中庭で三人で焼きそばを食べた。病院の外で桃香先輩に会うことや入院着ではなく制服姿の桃香先輩は新鮮で、別人のように見えた。

「あと三十分で劇始まるね。ふたりとも、準備とかしなくて大丈夫？」

焼きそばを食べ終わったあと、桃香先輩がパンフレットと腕時計を交互に見て言った。僕たちのクラスの劇は文化祭一日目の一時半から開演となっている。

「そろそろ行かないと。瀬山くん、行こっか」

「うん」

「私は劇を観たら帰るから、ふたりとも頑張ってね」

「うん。ありがとう桃香ちゃん」

　桃香先輩を残して僕と星野は体育館へ移動する。桃香先輩と一緒のときだけ星野は笑顔が増える。きっと桃香先輩もそれがわかっているからこうして無理をして外出許可を申請し、星野に会いに来たのだろう。おそらくメイドカフェで働いていたのも、星野に元気な姿を見せるためだ。首筋に汗をかいていたのを僕は知っている。さっきだってあえて明るく振る舞っていたにちがいない。

「桃香ちゃん、絶対無理してるよね。心配だなぁ」

　星野はちらちら後ろを振り返りながら桃香先輩の体調を気遣う。僕だけでなく、星野も薄々勘づいていたらしい。僕よりも付き合いが長いのだから当然か。

「たぶん大丈夫だと思うよ。本当に辛かったら模擬店の手伝いなんてできないと思うし」

「そうだよね。桃香ちゃん、すごく楽しそうにしてたから、大丈夫だよね」

　自分に言い聞かせるように星野は笑った。その頼りない笑顔を見て、「大丈夫だって」と答えるしかなかった。

　体育館に着くと、すでにクラスメイトたちは入口に全員集まっていて円陣を組もうとしていた。僕と星野もその輪の中に入る。

「絶対成功させるぞ！　おー！」

ロミオ役の高橋が声を張り上げた。

「どうしよう。ちょっと緊張してきた」

舞台袖に移動し、出番が近づくにつれ、星野は隣でそわそわし始める。僕の方が緊張しているなど、彼女には言えなかった。昨夜思いついた四つ目の案を、僕は実行しようと目論んでいたのだ。

バンドの演奏が終わり、楽器やスタンドマイクが撤収されたあと、いよいよ僕たちのロミオとジュリエットが開演する。

ナレーション役の生徒が簡単に世界観の説明を終えると、照明が消えた隙に道具係の僕と星野は急いで草を設置して裏で待機し、舞台上のロミオにスポットライトが当てられる。ちらりと客席を覗くと、ほぼ満席で桃香先輩の姿は見つけられなかった。

物語は順調に進んでいき、やがてクライマックスを迎える。僕は木の裏に、星野は墓石の裏に身を潜めてじっとしていた。

仮死の薬を飲んで墓石の前で眠るジュリエットを見つけ、絶望するロミオ。

「ジュリエット、なぜ死んでしまったんだ……」

墓石の裏の星野に目を向けると、彼女は沈んだ表情のまま顔を伏せていた。

――バッドエンドの物語は観せたり読ませたりしないでほしい。そういうお話は、気持ちが引っ張られるから。

　桃香先輩の言葉が頭をかすめる。星野の自殺を防ぐために、僕にできることはなにか。必死に頭を捻り、これしかないと閃いたこと。

　ふっと顔を上げると潤んだ瞳の星野と目が合い、彼女はすぐに視線を逸らした。

　昨日思いついた四つ目の案は、きっと実行できないだろうと僕は思っていた。しかし頭で考えるよりも先に、体が動いていた。

「ジュリエット。君をひとりにはさせない。この毒薬を飲んで、僕も君のもとへ行くよ」

「待つんだロミオ！　よく見てみろ。ジュリエットはまだ死んでいないだろう？」

　ロミオの台詞のあと、僕は制服姿のまま木の裏から飛び出し、毒薬を手にしたロミオの手首を摑んでそれっぽい口調で言った。支えていた段ボールの木が背後でぱたりと倒れる。

　ロミオ役の高橋はぽかんとした表情で僕を見つめ、「……は？」と数秒遅れて僕にしか聞こえない声を漏らした。客席がざわつき始める。

「ジュリエットは仮死の薬を飲んだだけだからすぐに目を覚ます。だから早まるな」

　そう言ってジュリエット役の女子生徒を指さすと、彼女は薄目を開けて僕と高橋の様子を盗み見て、自分はどう行動すべきか決めかねている様子だった。

「ほら！　ジュリエット目ぇ開けてる！　生き返った！」

僕はジュリエットを指さしたまま叫んだ。するとジュリエットはわずかに浮かせていた首を下ろし、また死んだふりを続けた。

「お前ふざけんなよ。台本になかっただろ」

ロミオ役の高橋がこちらをにらみ、小声で僕を責める。ここまで来たら、もうあとには引けなかった。

「だから、ジュリエット死んでないんだって。しかもその中に入ってるの毒薬じゃなくて、そこの水道水だから飲んでも死ねないぞ」

毒薬が入った瓶の奪い合いに発展する。ざわついていた客席のあちこちから、笑い声が次々に飛んできた。僕も高橋も必死に瓶を奪い合う。

収拾がつかないと判断したのか、眠っていたジュリエットが「ふわあ、よく寝たぁ」と大げさに伸びをして起き上がった。客席がさらに沸く。

「ほら、ジュリエット起きただろ。じゃあ、あとはごゆっくり」

ふたりにそう告げたあと、僕は倒れていた段ボールを立て直しながら木の裏にさっと隠れる。ジュリエット役の女子生徒の機転に救われた。

「えっと……あれ？　ジュリエットが目を覚ましたぞぉ。や、やったー」

「ロ、ロミオさま～」

ふたりはそこからアドリブでひしと抱き合う。照明係が機転をきかせて照明を落としてなんとかその場を乗り切り、僕たちのクラスの劇はハッピーエンドで幕を閉じた。客席からは笑い声とともに盛大な拍手が飛んでくる。

墓石の裏の星野は満面の笑みを見せ、目元の涙を指で拭っていた。

「最後のあれ、笑っちゃった。瀬山くん、よく飛び出してったね」

二日間の文化祭が終わったあと、僕と星野は桃香先輩の病室を訪れ、三人で談笑していた。あのあと僕は高橋に胸倉を摑まれ激怒されたが、ほかの生徒たちは面白かったからいいじゃん、と僕を擁護してくれて事なきを得た。

その後も廊下を歩いていると「最高だった」、「あれは台本どおりだったの？」などと質問攻めに遭ったが適当にごまかして逃げた。

「ほんとだよね。私もびっくりしたよ。なんで急にあんなことしたの？　今思い出しただけでまた笑えてくる」

星野は「待つんだロミオ！」と身振り手振りを交えて舞台上へ飛び出した僕を真似る。僕自身もよくやり遂げたなと、自分を褒めてやりたい。

「だって今さら普通のロミオとジュリエットを演じてもつまらないかなって思ってさ。せっかくの文化祭なんだし、目立ってやろうかなって」

とっさにそう答える。僕らしくなくて嘘を見抜かれると思ったが、「私もなにかやればよかった」と星野はそんなことを口にした。

「ちょっとトイレ行ってくる」

星野が席を立つと、桃香先輩はぷっと笑いだした。

「本当にびっくりしちゃった。瀬山くんが、涼菜のために体を張ってくれるなんて」

「あれはべつに……僕もロミオとジュリエットの結末が嫌だったからで、星野のためってわけじゃ……」

「私の前では、素直になっていいよ」

照れくさくて俯いた僕の顔を桃香先輩は覗きこむ。僕は深く息を吐いて、「降参です」と両手を上げてみせた。桃香先輩はクスッと笑う。

「桃香先輩も無理してましたよね。あいつ、気づいてましたよ」

「そっか、バレちゃってたか。でも、ありがとね。涼菜のこと、気にかけてくれて」

「いえ。僕がそうしたいからしてるだけなんで」

「瀬山くん、やっぱり涼菜のこと、好きなんだ?」

僕が口を開きかけたとき、「ただいま」と星野が戻ってきたので慌てて口を閉じる。

桃香先輩はまた、いたずらっぽく笑った。

「ん?　ふたりでなに話してたの?」

「瀬山くんのアドリブについてだよ。それより、またここで部活しようね。明日でもいつでもいいから」

「もちろん。またＤＶＤ持ってくる！」

ふたりのやり取りを、僕は安堵しつつ見守る。来月も再来月も、来年になってもふたりの仲睦まじい姿を見られたらいいなと、そう願った。

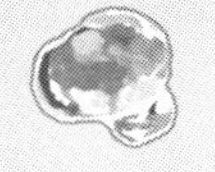

滂沱の涙

「涙ってさ、目から流れるばっかりに美化されてるんだよな。これがもし指先だったり、肘だったり、耳から滴るものだったらこんなイベントが開催されることもなかったよ、きっと」

十月の中旬。僕はまた市民ホールで行われている感涙イベントに参加し、今日も懲りずにやってきた古橋の戯言を聞き流していた。例によって五本の短い動画の視聴が終わり、今は休憩中。古橋は今日はもうメモ帳を持参しておらず、もはやなにしに参加しているのかわからない有様だった。

「耳から涙が出たらさすがに気持ち悪いって。古橋って発想が独特で面白いよな」

「だってそうじゃん。耳から涙が垂れてきたら皆恥ずかしくて隠すだろうけど、目だと垂れ流しだもんな。いっそのこと鼻から垂れればいいのに」

「それはただの洟水だよ」

僕らの前に座っているサラリーマンのおじさんが、古橋を一瞥して軽く舌打ちをした。それでも古橋の憎まれ口は止まらない。

「どいつもこいつも、簡単に涙なんか流しやがって。あ、そういえばこの前の、涼菜ちゃんだっけ？　今日は来なかったんだな」

「ああ、一応誘ったんだけど、断られたよ」

「そっか。瀬山、振られたのか」

「ちがうって」

休憩が終わり、イベントが再開する。数日前に星野を誘ったとき、彼女は「行きたい」と口にしたが、昨夜『体調がよくない』とキャンセルのメッセージが来たのだった。

姉の柚菜さんの命日まで一ヶ月を切っている。桃香先輩も日に日に口数が減っていく最近の星野の様子を気にかけているようで、互いに星野の近況を逐一報告するようにしていた。

イベントは今日も僕と古橋を泣かせることなく終了し、僕たちは会場を出る。

「やっぱ全然だめだな、このイベント。そろそろ潮時かなぁ。瀬山は来月も参加すんの？」

「うん。僕はとりあえず、今年は自分を泣かせる一年にしようと思ってるから」

「ふうん。もう今年もあと二ヶ月ちょっとだけど、まだ泣けてないんだ」

「うん、まだ泣けてない」

「なんでそこまでして泣きたいんだよ、瀬山は」

どう答えるべきか迷った。なぜか涙を憎んでいる様子の古橋に、涙失病のことを告げたらどんな反応を示すのだろう。異常なほど涙に詳しい古橋なら涙失病のことも知っているかもしれないが、そう考えると今度は話すのは少し躊躇われた。

「もう何年も泣いてないから、泣くってどんなだったかなって思ってさ。ただの興味本位だよ」

「そっか。まあ、そうだよな」

力のない声が返ってくる。古橋はその後、ひと言も発さないまま駅まで歩き、彼とはそこで別れた。なにを考えているのか、相変わらず摑めないやつだった。


十月下旬の冷たい雨が降った日曜日の午後。僕は成り行きで星野の自宅にお邪魔していた。亡くなった姉の写真だとか、なにか柚菜さんの痕跡があるかと思ったが、リビングにも星野の部屋にもそれらしきものはなかった。

2LDKの古いアパートの一室で出されたお茶を飲み、壁にかけられたスクリーンを引き伸ばす星野を僕は見つめていた。寝不足なのか、目の下の隈が濃いし、少しやつれてもいた。

「涼菜の部屋にホームシアターあるの知ってる？　ねえ涼菜、明日、瀬山くんに見せてあげたら？」

昨日星野と桃香先輩の見舞いに行ったとき、彼女が急にそんな提案をしてきたので戸惑った。星野は逡巡していたが、「プレイヤーの小さな画面より、大画面でこの映画を瀬山くんに観せてあげて」と桃香先輩がさらに押したので、結局星野は頷いた。

　星野に恋人ができれば前向きに生きてくれると判断した桃香先輩は、僕と星野をくっつけようと必死なのだ。

「まだ早いけど、クリスマスはふたりで、イルミネーションを見にいったら？」

「年末公開の恋愛映画のチケット、ふたりにプレゼントするから行ってきて」

　近所のお節介おばさんのように、桃香先輩はそんな提案をしては僕と星野を困らせた。とはいえ僕も星野を元気づけたくて、桃香先輩の提案にはなるべく応えるようにはした。だからこうやって今日、僕は初めて異性の部屋を訪ねたのだった。

　僕の部屋とはちがって綺麗に整頓されていて、ぬいぐるみやおしゃれな雑貨などが多く、女の子らしい部屋だなと思った。

「すごいよな。自分の部屋にホームシアターがあるなんて」

「お父さんが映画好きで、古くなったやつをもらったの」

「そうなんだ」

　姉である柚菜さんの死後、星野の父親は病んだ母親を見ていられなくて出ていったという話を思い出した。その母親は今は出かけているのか不在だった。

　スクリーンのセットが終わると、星野は次にプロジェクターとＤＶＤプレイヤーを接続し、上映の準備を進める。異性に限らず同世代の友人の部屋に入るのは小学生以来のことで落ち着かなかった。

「これ、桃香ちゃんのおすすめの恋愛映画らしいよ。全米が泣いた映画だって。じゃあ、再生するね」

そう呟きながら星野はカーテンを閉めて部屋を暗くし、僕の隣に腰掛ける。余計にそわそわした。

桃香先輩がチョイスしたのは大人向けの恋愛映画で、高校生の頃付き合っていたふたりが十年後、同窓会で再会し再び恋に落ちるという物語。無駄にキスシーンが多くて気まずかった。もしかするとこれも桃香先輩の策略なのかもしれない。

文化祭が終わってから、星野は週に一度しか部活をしなくなった。「今日はどうする?」と僕が訊ねても、「今日はいいや」と素っ気なく答えるばかりで、ふたりで映画を観るのは一ヶ月ぶりだった。

今日以外の活動はただ本を読むだけで、星野は涙を見せなかった。暗い表情のままひたすら本を読み、チャイムが鳴ったら帰宅する。最近の部活はその繰り返しで会話も少なく、僕は彼女とどう接していいかわからなかった。

物語終盤。ちらりと星野を見やると、光の粒が彼女の頰を走っていた。彼女の涙を見たのは文化祭で僕が暴走したとき以来で、思わず僕は見惚れてしまう。スクリーンの光に反射した星野の涙が、あまりにも綺麗だったから。

視線を感じたのか星野は僕の目を見て、そこで初めて自分が泣いているのだと気づいたように慌てて涙を拭う。見てはいけないものを見てしまった気持ちになって、僕も視線を外して物語に集中するが、隣が気になって頭に入らなかった。

エンドロールが流れ、僕は座ったまま大きく伸びをする。内容はとてもよかったけれど、涙するほどではなかったな、と心の中で批評したとき、星野の呼吸が突然荒くなった。

それまで静かに泣いていたのに、急に声を上げて泣き出したのだ。タガが外れたように膝に顔を埋めて、星野はわんわん泣き喚く。

「星野、どうした……」

僕の問いかけに星野はなにも答えず、しゃくり上げて大粒の真珠のような涙を流していた。おそらくたった今視聴した映画に感動し、流れた涙に誘発されて、彼女の中に溜まっていた焦燥感やもどかしさ、不安感などが一気に溢れ出たのだろう。

今日まで星野の感情を堰き止めていたダムが決壊したかのように、彼女は滂沱(ぼうだ)の涙を流し続ける。僕はどう対処していいかわからず、泣きじゃくる星野の背中を恐る恐るさすった。

こんなに身も世もなく泣き喚く星野を見たのは初めてだった。効果があるのかわからないけれど、僕は彼女が泣きやむまで背中をさすり続けた。

しばらくそうしていると星野は徐々に落ち着きを取り戻し、手を伸ばしてテーブル上のティッシュ箱を引っつかんで洟をかみ始めた。丸めたティッシュをゴミ箱に放り、また数枚手に取って洟をかむ。

「大丈夫？」

僕は星野にそっと声をかける。目と鼻を真っ赤に腫らした星野は、俯いたままこくんと頷いた。

「……ごめん、急に泣き出して」

涙声で星野は言った。全然、と僕は返す。

「ちょっと感動しちゃって。さすが、全米が泣いただけあるね」

星野は取り繕うように言ったが、それが嘘だということくらい僕にだってわかる。星野もきっと、こんな言葉で僕を騙せるとは思っていないだろう。

星野はおもむろに立ち上がり、スクリーンを巻き上げて上部に収納する。僕はその姿を黙って見つめる。なにを話したらいいか、言葉が見つからなかった。

「面白かったね、この映画」

沈黙に耐えきれなかったのか、星野は無難な言葉を口にした。「そうだな」と僕は返して、会話はそこで途切れる。気まずさのあまり、僕は帰り支度を始める。

「そろそろ帰ろうかな。あんまり長居しちゃ悪いし」

「そっか、わかった」

狭い玄関で靴を履き、「じゃあまた学校で」と告げてドアノブを握る。

「あの……」と星野は僕を呼び止めた。

「私が取り乱して泣いちゃったこと、桃香ちゃんには内緒にしてて。心配かけちゃうと思うから」

「うん、わかった。言わないでおく」

「ありがとう。じゃあ、気をつけて」

軽く手を振り、まだ少しドキドキしたまま星野の自宅を出る。まさか星野があんなに号泣するとは思わなかった。

まだ夕方なのに外は真っ暗で、風も冷たい。いよいよ十一月に入ってしまうのだなと実感する。

十一月を乗り越えれば、星野はまた以前のように笑ってくれるだろうか。あの楽しかった部活を取り戻せるのだろうか。


数日後の学校帰り、星野を部活に誘ったところあっさり断られてしまい、僕は桃香先輩の病室に向かった。星野に断られた直後に偶然これから来られないか、と桃香先輩から連絡が来たのだ。

星野抜きで会うのは久しぶりで、そういうときはたいてい星野の近況を話して今後の対策を練る、という話し合いが行われることが多かった。

星野の姉の命日まで残り約二週間。本当に星野は今年も自殺を決行するのか、僕にはわからない。日を追うごとに暗くなっていく星野を見ていると、なにもできない自分が情けなく、僕はなんてちっぽけな人間なのだと自己嫌悪に陥るのだった。

「失礼します」

「あ、いらっしゃい。座って座って」

ノックをしてから入室すると、桃香先輩は読んでいた本を閉じて小さく笑う。顔色は青白く、体調の悪さが窺えた。

「涼菜、最近どう？」

「どうって、初めて会った頃とは別人のように暗いっていうか、とにかく覇気がないです。最近は学校も休みがちだし、部活もしてくれないし……」

「そっかぁ。このままじゃ、危ないかもしれないね」

ため息交じりに桃香先輩は言う。先日星野の家に出向いたときに号泣したことなどを話し、僕は気になっていた星野の過去の自殺未遂について訊ねる。

「星野の自殺未遂の話、詳しく聞いてもいいですか？　そのときの状況とか、いろいろ知りたくて」

「……うん、わかった。一回目は自分の部屋で首を吊ろうとして、涼菜のお母さんがそれに気づいて止めてくれた。二回目は駅のホームから飛びこもうとしてたところを、私が止めたの」

　苦悶の表情を浮かべて桃香先輩は語る。きっと思い出したくもないのだろう。桃香先輩が次の言葉を続けるのに、しばし時間を要した。

「去年と一昨年に比べたら、あの子ずいぶん明るくなったし、もう絶対しないって約束してくれたけど、最近の涼菜を見ていると、どうしても不安で……」

　ゆっくりと噛みしめるように桃香先輩は話す。星野は桃香先輩の前では心配をかけまいと明るく振る舞っているようだが、見抜かれているらしい。

　桃香先輩は星野の双子の姉の柚菜さんとも仲が良かったはずだから、大切な人を喪った日が近づけば、星野と同じように悲しくなるにちがいなかった。自分の体調のこともあるし、辛いだろう。

「心配しないでください。今年は僕がついてますから。いや、逆に桃香先輩は心配かもしれないですけど……」

　自嘲気味に言うと桃香先輩は口元を和らげる。「心強いよ」と僕を気遣ってくれた。

「前も聞いたけど、瀬山くんは涼菜のこと、好きなんでしょ？」

「……どうなんでしょう。今まで人と関わることなんてなかったし、自分の気持ちが自分でもわからないんです」

照れくさくてごまかしたのではなく、正直に自分の気持ちを彼女に告げた。こんな気持ちを抱いたのは初めてで、僕は星野のことをどう思っているのか、うまく説明ができなかった。感情を捨て去って生きてきて、誰かのために必死になってなにかをするなんて経験、今までなかったから。

「好きなんだと思うよ。だってそうじゃないと、ここまで涼菜のためにいろいろ動いてくれていることが説明できないじゃない。胸に手を当てて、涼菜のことを考えてみて。日に日にやつれていく今の涼菜を見て、どう感じる？」

胸に手を当てて思案する。姉の命日が近づくにつれ、人が変わったように憔悴していく星野を見ていると、なにかしなくてはという衝動に駆られるのは事実だった。だから僕は、自分の時間を削り、父に叱責されても家を出て、クラスメイトたちに恨まれる可能性があったにもかかわらず文化祭でとんでもない行動に出たのだ。

胸の鼓動が加速しているのが手のひらに伝わる。図書室で初めて話したときの、あの晴れやかに笑う彼女に戻ってほしい。今はそう願う自分がいた。

胸に当てた手を下ろし、桃香先輩に告げる。

「なんか……苦しいです」

「そうでしょ？　それが好きってことなんだと思う。たぶんね」

桃香先輩に言われて初めて、僕は星野のことが好きなのだと気づかされた。これが人を好きになる気持ちなんだなと、込み上げてくる思いをぐっと噛みしめた。

鼻の奥がつんとするような不思議な感覚が訪れた。その感覚はすぐに収まったが、胸の痛みが消えることはなかった。

病室のドアがノックされたのは、そのときだった。

「はい、どうぞ」

ゆっくりとドアが開かれる。そこにいたのは痩身の中年女性で、カゴに入った果物の盛り合わせを手に提げていた。

「あ、涼菜のおばさん。こんにちは」

「こんにちは、桃香ちゃん。お友達？」

僕は立ち上がって小さく頭を下げる。涼菜のおばさん、と桃香先輩が呼んだということは、星野の母親だろうか。

「涼菜のお母さん。時々、お見舞いに来てくれるの。で、こちらは涼菜と同じクラスの瀬山くんです」

瀬山です、と僕は再度頭を下げる。突然の鉢合わせに戸惑い、それ以上の言葉が出てこなかった。

「あ、そうなの。いつも娘がお世話になってます」

「いえ、こちらこそ。あ、じゃあ僕はこれで」

「瀬山くん、まだ来たばかりでしょ。いいから、座って」

立ち去ろうとすると桃香先輩に止められ、星野の母親にも椅子に座るように促されたので、僕は仕方なくその場に留まる。

星野の母親が桃香先輩に体調を聞いたり、学校のことを質問したりする中、僕は静かにふたりの話に耳を傾けていた。横顔がどことなく星野に似ているし、鼻にかかった声もそっくりだ。

柚菜さんの死後、心を病んだと聞いていたが、今は落ち着いているのかそんなふうには見えない。話を聞いている限りは優しそうな母親、という印象を受けた。星野に暴言を吐いたとは到底思えなかった。

「それで、涼菜のことなんだけど……」

ふたりの話が途切れ、星野の母親がそう言いかけて口を噤む。僕のことを気にしているのか、ちらちらとこちらに視線を寄越し、話を続けていいものか躊躇っている様子だ。

「瀬山くんは涼菜のこと、全部知っているので、続けてください」

桃香先輩が口を挟んだ。星野の母親は「そうなの」と小刻みに頷いてから話を続ける。

「ふたりとも気づいてると思うけど、最近の涼菜、様子がおかしいでしょう？　もしかしたらまた、お姉ちゃんの命日に変なことするんじゃないかって、心配で……」

「私たちもそのことで話してたんです。涼菜、やっぱりおばさんの前でも、元気ないですか？」

　星野の母親はこくりと頷く。怯えたように伏せた目には、涙が溜まっているように僕には見えた。

「私があのとき酷いことを言ったから……。涼菜までいなくなったら、私……」

　星野の母親は口元を押さえ、ひと粒の涙を零した。俯いているせいで涙は雫となって彼女の膝元に落ちていく。緩くなった蛇口からぽたぽたと水滴が滴るように。

　星野の母親は星野のことを恨んでいるのだと僕は思っていた。しかし彼女の言葉を聞いて、今は過去の発言を後悔し、残された娘を大切に想っているのだと感じた。だが肝心の星野には、そんな母親の切実な想いは届いていないのだろう。母親からの執拗な連絡に辟易していた星野の姿が思い出される。

　星野の胸に刺さった母親の言葉は、今も抜けずに彼女を苦しめ続けているのかもしれない。

「きっと、大丈夫です。もうしないって、約束……してくれましたから」

　桃香先輩の声は頼りなく震える。星野の母親の涙に誘われたように、桃香先輩の頬を涙がつうっと滑り落ちた。

ふたりは泣くことで、爆発してしまいそうな感情をコントロールしているのだと僕は思った。それは普通なら人間誰しもが自我を保つために無意識に取る行動なのかもしれない。

溢れそうな思いを制御するための涙。人が悲しいときに涙を流す理由が、なんとなくわかった気がした。

この期に及んでも泣けない僕は、ふたりの顔を直視できなかった。この場にいること自体申し訳ないとすら思う。星野を憂いて涙することができない僕には、彼女の身を案じる資格などないのではないかと。

でも、どんなに目に力を入れても、僕の瞳の奥から熱いものが込み上げてくる気配はなかった。

「瀬山くんも、涼菜のことお願いね」

星野の母親はハンカチを目元に押し当て、僕に告げる。

「はい」と僕は彼女の方を見ずに、掠れた声で返事をした。

その後星野の母親は帰宅し、残された僕たちはまた星野の話を再開する。桃香先輩は幼い頃の星野や、姉の柚菜さんの話もしてくれた。

ふたりは小さい頃から活発で、いつもおそろいの服を着て、仲の良い双子だったと桃香先輩は慈愛に満ちた表情で語る。どこへ行くにも一緒で、星野は姉の柚菜さんを慕い、いつも後ろを歩いていたのだという。

彼女らは小学生の頃からピアノを始め、柚菜さんは上達が速く、コンクールで数々の賞を受賞。双子はなにかと比べられがちだが星野は卑屈になることなく、自慢の姉だと周囲に話していた。

顔がそっくりなことを利用して、一度だけ入れ替わって授業に臨んだこともあったらしい。友人たちにはバレてしまったが、先生には気づかれなかったというエピソードを聞いて僕は思わず笑ってしまう。

ほかにもふたりは同じ人を好きになってしまい、姉には勝てないと思った星野は健気にも身を引き、姉の恋を応援したこともあったのだと桃香先輩は話した。

「柚菜さんも、涙脆い人だったんですか？」

「ううん、そんなことなかった。柚菜が泣いてるところは、私は見たことがないわ。涼菜は昔から泣き虫だったけどね」

「双子でもそこは似てないんですね」

妹が泣いてばかりいると、姉は泣けないものなのかもしれない。

「涼菜のおばさんもね、涼菜に酷いことを言って、ずっと後悔してるみたい。柚菜が亡くなったあと錯乱状態になっちゃったらしくて、なんであんなことを言ったんだろうって。それ以来親子関係もぎくしゃくしてるみたいで、今日みたいに時々私に涼菜のことを聞いてくるの」

やはり親子関係は今も修復できていないようだった。娘を想う星野の母親の姿を目の当たりにして、自分ももう少し父に対して素直になろうかなと思わされた。

「僕、そろそろ帰ります。父さんが心配してると思うので」

「うん。来てくれてありがとう。今度は涼菜と一緒に来てね」

もちろんです、と告げて桃香先輩の病室をあとにした。


星野の姉の命日が一週間後に迫った木曜日の放課後。僕と星野は部室で今月初めての部活動を行っていた。

外は激しい雨が降っている。テレビの天気予報でしばらく雨が続くでしょうと気象予報士が告げていたのを思い出した。

「部活、久しぶりだな。桃香先輩も早くよくなって、三人で部活できるといいよな」

椅子の上で体育座りをして膝に顔を埋める星野に、僕はそう声をかける。まさに絵に描いたような落ちこみようで、慎重に言葉を選んだ。

「うん、そうだね」

姿勢を変えずに星野は返事をする。僕は嘆息してから持参したレンタルＤＶＤをプレイヤーにセットし、再生ボタンを押す。どうしても星野に観せたい映画があった。

「始まるよ」

「うん」

星野は足を下ろし、画面に目を向ける。予告が流れたので早送りする。

「星野は最近映画観たり、本読んだりしてる？」

「ううん、全然」

「そっか」

短い言葉を交わしたあと、本編が始まる。僕が選んだ映画は、大切な人を救うために主人公が命を懸けて戦う話。

昨夜自分の部屋で視聴してみたが、救いのある結末だったし、希死念慮を抱いている人がこの映画を観れば、なにか考えが変わるような内容でもあった。安直すぎるかもしれないが、残された人が悲しむのだと伝わったら、と期待してこの映画を持ってきた。

横目で星野を見ると、彼女は心ここにあらずといったぼんやりした表情でディスプレイを見つめていた。映画を観ているようで、どこかちがう場所を見ているような。そんな星野を見ていると、本当に彼女がいなくなってしまうような気がして僕は怖くなった。

本編が始まって三十分が経過した頃、星野が突然席を立った。

「ごめん。この映画、あんまり観たくない。私、帰るね」

「あ、星野！」

星野はもう一度、「ごめんね」と僕に告げて部室を出ていった。

僕は浮かせかけた腰を一旦下ろし、深いため息をつく。天井を見上げ、「まじか」とひとりごちる。目の前のディスプレイには、雨に打たれた主人公が号泣するシーンが流れていた。泣きたいのはこっちだよ、と僕は項垂れた。


二日後の土曜日。星野の姉の命日まであと五日。僕はまた午後から感涙イベントの会場に向かっていた。

笑顔だけでなく、涙も減ってしまった星野を泣かせて気持ちをリセットさせてやろうと、昨日の夜に星野を誘ってみたが断られた。星野が行かないなら僕も今月は不参加にしようと思ったが、古橋が来るかもしれないと思って市民ホールに出向いたのだった。

以前星野に借りた本が何冊か溜まっていたが、家で読む気にはなれなかった。

古橋のように、思っていることを平気で口にできる無遠慮なやつと一緒にいると気が楽で、気分転換にもなる。彼と話すのは嫌いじゃないし、いっそのこと星野のことを相談してみようかと考えてもいた。

市民ホールに到着し、案内板に従って二階へ向かう。会場である小ホールに入ると、見知った顔がいくつかあった。もうこのイベントに参加するのは四回目になる。初参加者も少なくなかったが、リピーターもそれなりに多い。もはや常連となった例のサラリーマンの姿もあった。

「お、やっぱりいた。今日も懲りずに来たんだな、瀬山」

背後から聞こえた、やや高めの声に振り返る。黄色いコートを羽織った古橋がにかっと笑い、僕の隣の座席に腰掛けた。

「それはこっちの台詞だよ。いつも文句ばっか垂れてるのに、よく来るよな」

苦笑交じりに僕は言う。ここ数日の鬱屈とした気持ちが古橋の登場によって少し晴れた気がした。失礼だけど彼のような能天気なやつといると、悩み事など吹き飛んでしまう。

「さすがにそろそろ泣かせてくれるんじゃないかって思ってさ。俺らは学生で無料だからいいけど、こんなのに金払ってたらぼったくりだよな」

「あーうん。そうだな」

今日も古橋は絶好調だった。前方のサラリーマンのおじさんがぴくりと反応したので、僕は小声で相槌を打つ。ここまでくるともはや痛快であった。

軽口を叩き合っているうちにイベントが始まり、講師が涙について話をして、恒例となった短い動画の視聴が始まる。一本当たりの再生時間は五分から十分。これまで同じ動画は一度もなかったし、大人からはお金を取っているだけあって内容はしっかりと感動できるものが多い。現にほとんどの参加者は五本の動画のいずれかで涙を流しているし、星野に至っては前回五本とも泣いていた。

一本目の動画は女子高生同士の友情もの。星野が好きそうな物語だな、と思った。

二本目は家族愛を描いた動画で、これも星野は弱いだろうなと、その手の映画で涙する彼女の姿を思い出す。動物ものや青春ものなど、人間の泣きのツボは百通り以上あると最初に聞いていたが、星野はすべてのツボを持っているような気がした。

三本目も絶対星野は泣いちゃうやつだ、と微笑んではっとする。僕は泣くためにここにいるのに、気づけば星野のことばかり考えていた。

——それが好きってことなんだと思う。

ふと、桃香先輩の言葉が脳内で再生された。心臓が大きく波打った。

いつ、どのタイミングで星野のことを好きになったのだろう。ふたりで部活に励み、お互いを泣かせようとしているうちに星野は僕の中で大切な存在となり、絶対に死なせたくないと今は彼女のために奔走している。

なんでもないときにふと思い出してしまう。これが人を好きになる気持ちなのかと、改めて思い知らされた。

胸が熱くなってなにかが込み上げてくる感覚に襲われたが、それはすぐに消えた。

「相変わらずしょぼい動画だったな。制作者の、こうしたら泣けるでしょ、っていう思惑が透けて見えるんだよなぁ。こんなんで泣くやつは日頃相当ストレスが溜まってるんだろうな」

五本の動画が終わって休憩に入った途端に、古橋は遠慮のない感想を漏らす。痛快ではあるものの、周囲の反応を考えると、もう少し声のトーンを落としてほしいが彼は止まらない。

「瀬山もそう思うだろ？　今日はこの前のシンガーソングライターの人がまた歌ってくれるみたいだから、それまで我慢だな」

「ああ、あの人の歌、よかったよな」

「今日はそのために来たようなものだから。あの人の歌になら金を払う価値あるよな」

古橋は、がははっと笑いながらきっぱり言い切る。それには僕も同意見だったが、前方のサラリーマンのおじさんの肩が震えていたので返事はしないでおいた。

「そういえば、今日も来なかったんだな。涼菜ちゃんだっけ、あのポニーテールの子」

「ああ、一応誘ったんだけどね。来月は連れてくるよ。それよりさ、星野のことでちょっと相談があるんだけど、終わったらでいいや」

休憩が終わり、プログラムに沿って泣ける体験談の朗読が始まる。

「これが一番泣けないいんだよなぁ」

と会場に響く声で言った古橋の言葉は聞き流す。本当に心臓が強いやつだと僕は感心する。決して褒められたものではないけど。

講師の朗読で会場内は涙に包まれていたが、古橋は「ふわあぁ」と自宅でする音量の欠伸をしていた。ちょうど講師が息継ぎをしたタイミングだったので、古橋の欠伸は強調された。

朗読が終わるとバイオリニストの独奏を挟み、古橋お待ちかねのシンガーソングライターの弾き語りの準備が進められる。

「やっと来たか。この時間帯に来場すればよかったよ。今までほんと時間の無駄だった」

今日の古橋はいつにも増して口が悪かった。いや、いつもこんなもんか。

シンガーソングライターの女性がピアノの前に座り、鍵盤に指をのせる。ゆっくりと音を奏で始め、僕は目を閉じる。

前々回披露した『涙』という曲だ。滑らかな曲調と彼女の優しい歌声がマッチしていて、目を瞑っているとそよ風が吹き抜ける草原にいるような気にさせられる。

ふと目を開けると、古橋は眉間に皺を寄せて「こんな曲だったっけ」と訝しげにぶつぶつ呟いていた。

曲が終わると、会場は参加者たちの拍手に包まれ、古橋も怠そうに手を叩く。

「初めて聴いたときは感動したけど、二回目はそうでもなかったな」

僕はそうは思わなかったけど、「うーん、そうかもな」と合わせておいた。

前方のサラリーマンのおじさんが激しく机を叩いたのは、講師が締めの挨拶を始めた頃。古橋が「ほんとよく泣けるよなぁ、皆」と口にした直後だった。講師は話を中断し、こちらを見ている。

次の瞬間、サラリーマンのおじさんは立ち上がって振り返ると、古橋を睨みつけて声を荒らげた。

「君、いい加減にしろ！　そんなに気にくわないなら、参加しなきゃいいだろう！」

黒のジャケットを羽織った、四十代くらいの恰幅のいい男性。正面から顔を見たのは初めてで、思っていたよりも声が低い。彼の言うことはもっともであった。

「なんか言ったらどうだ！」

押し黙る古橋を、彼は追い打ちをかけるように責め立てる。ほかの参加者たちも古橋に対し、厳しい視線を向けていた。毎回あれだけの声量で悪態をついていたのだから、むしろ今まで出禁にならなかっただけでも不思議なくらいだ。

「おい！　聞いてるのか！」

彼は憤然とした面持ちで古橋に詰め寄り、胸倉を摑む。慌ててスタッフが仲裁に入り、古橋は解放されたがその場に尻もちをついた。その拍子に椅子が倒れ、会場内に鈍い音が反響した。

「古橋、大丈夫か」

尻もちをついたまま微動だにしない古橋に小声で話しかける。普段は物怖じしない古橋だが、突然のことに体が硬直してしまったのだろうか。伸びた前髪が邪魔をして、彼の目は見えない。ただ、下唇をぐっと嚙みしめていた。

「――んなよ」

古橋はなにか声を発した。

「んん？　なにか言ったか？」

「ふざけんなよって言ったんだよ！」

古橋は立ち上がり、椅子を蹴飛ばした。僕もサラリーマンのおじさんも、その場にいる誰もが啞然として古橋に視線を向ける。

「どいつもこいつも簡単に泣きやがって、見てるとむかついてくるんだよ！　泣きたいのに泣けないやつの気持ち、お前らにはわかんねえだろうな！」

怒りに満ちた表情で古橋は捲し立てる。彼の瞳には、薄らと涙が滲んでいた。

「な、なに言ってんだ、お前」

「涙失病って知ってるか。この世にはな、泣いたら死ぬやつもいるんだ。どんなに辛くても、泣けないんだ。俺の妹が、そうだった……」

古橋が発した声はだんだん小さくなっていく。彼の口から聞きなじみのある病名が飛び出たことに驚き、頭が真っ白になった。

「俺の妹は泣きたくてもずっと我慢してた。馬鹿みたいに泣くやつらを見てると、虫唾が走るんだ。こんなくだらないイベントも、お前らも、全部憎い。泣けなくて苦しんでるやつがいることも知らずに、なにも知らないくせに簡単に泣くやつが俺は許せねえんだよ」

古橋の瞳から熱いものが零れ落ちた。肩を震わせ、泉が湧くように涙が溢れては頬を伝っていく。古橋はそれを拭おうともしなかった。

サラリーマンのおじさんも、スタッフも誰も声を発しなかった。荒い呼吸をしている古橋に、かける言葉が見つからないのかもしれない。それは僕も同じだった。

古橋は机の上の鞄を摑んで去っていく。僕も数秒遅れて彼のあとを追った。

市民ホールを出て、駅前のベンチで項垂れる古橋の姿を捉えた。僕は静かに歩み寄り、彼の隣に腰掛ける。

「馬鹿みたいだな、俺」

自嘲するように古橋は言った。だいぶ落ち着いたようで、涙はすでに止まっている。

「いや、全然。古橋の妹が涙失病だったなんて知らなかった」

「知ってんの？　涙失病」

「うん。聞いたことはある」

「そっか」

自分が涙失病であることは伏せた。涙失病なのに自ら進んで泣こうとしていることを古橋に知られたらまずいと思った。

「まさかそういう理由でイベントに参加してるなんて思わなかったよ」

「最初はさ、ただ知りたくて参加しただけなんだよ。人はなぜ泣くんだろうって。でもさ、あいつら、あまりにも簡単に泣くもんだから、ふざけんなよって思った。妹は泣かないように必死に頑張ってたのに、自分から泣きたいやつがいるなんて腹が立った」

「そうだったんだ。なんか、ごめん」

「いいよ、べつに。瀬山も泣けなくて苦しんでるんだろ。七年間泣いてないって言ってたもんな」

古橋と出会ったとき、僕は泣きたくてこの感涙イベントに参加したと告げた。僕を拒絶するような、あのときの彼の反応に合点がいった。

「古橋は十年泣いてないって言ってたけど、泣けたじゃん」

「ああ。あれは嘘だよ。妹の病気が判明したときから俺も泣かないようにしてたんだけど、去年泣いた。妹が死んだときに。それ以来、一度も泣いてないけどな」

会場での彼の口ぶりから妹さんは亡くなっているのだろうと察していたが、なぜ亡くなったのか理由を聞いていいものか躊躇った。

古橋は携帯を取り出して妹さんの写真を僕に見せてくれた。中学生くらいだろうか。セーラー服を着たかわいらしいショートヘアの少女が、兄である古橋と一緒に並んで控え目にピースサインをしていた。

言葉を探していると、古橋は自分から妹の話を始めた。

妹の麻里ちゃんが涙失病に罹患したのは、小学三年生の頃。その頃から古橋は妹を気遣い、自分も泣くまいとしていた。兄が泣いていたら、きっと妹は不安になるだろうと思ったからだそうだ。

麻里ちゃんは涙を流す恐れのある娯楽を避け、友達もつくらずに家に引きこもってばかりいたらしい。映画やドラマ、アニメや漫画などは当然禁止され、麻里ちゃんはまるっきり僕と同じ閉塞的な生活を強いられていた。

「麻里が中学二年の頃、俺さ、バイクで事故ったんだよ。一週間くらい意識が戻らなくて、目が覚めたときにはもう、麻里は骨になってたんだ」

古橋が目元を押さえる。指の隙間からは透明の液体が零れていた。

塾帰りの妹を迎えに行ったとき、古橋は事故を起こしたらしかった。それも、妹の目の前で。その光景を目の当たりにした麻里ちゃんは思わず号泣してしまった――。

「俺のせいで麻里は死んだんだ。ずっと泣くのを我慢できてたのに。俺があいつを殺した……」

古橋は自分の膝を固めた拳で殴りつけてむせび泣く。何度も何度も、古橋は膝を打つ。乾いた音が響いた。

なんて不幸なのだろう。ふたりを思うと胸が苦しくなった。

古橋が意識を失っている間に麻里ちゃんの葬儀が執り行われ、彼は最後のお別れすらできなかったのだ。あまりにも気の毒すぎて慰めの言葉が浮かばなかった。

「逆恨みなのは自分でもわかってんだよ。あのイベントに参加してた人たちは、悪くないってことも。でも、皆で集まって、馬鹿みたいにわんわん泣いている姿を見ると、やっぱ許せなかった。麻里だって、本当はいっぱい泣きたかったはずなのに」

最愛の妹を涙に殺され、ましてや妹が死んだのは自分のせいだと思いこんでいる古橋が、涙に嫌悪感を抱くのは理解できた。だから僕には彼を責めることなどできなかった。

古橋も僕と同じくらい、いや、それ以上に涙に苦しめられていたのだから。

「いつかは泣けるかと思って参加し続けてたんだけど、まさかこんなことで泣くとは思わなかったわ」

散々泣き散らかしたあと、古橋は「あーあ！」と空を仰いで声を張り上げた。道行く人が彼に視線を向けるくらいの声量で。

「やらかしたなぁ」

「うん。馬鹿だよ、古橋」

「そうだな。馬鹿だよな、俺。今思えば痛すぎるよな」

そう言って古橋は、がははっと笑う。その屈託のない笑顔を見ただけで救われた気持ちになる。やっぱりこいつは、おかしなやつだと僕も笑った。

「どうすんだよ、古橋。たぶん、出禁だぞ」

「だろうな。もう行かないよ、さすがに。瀬山はどうすんの？」

「僕は……来月星野を誘っていくよ」

「そっか。そういえば相談があるって言ってなかったか？」

ああ、と言いかけて口を噤む。彼に星野のことを相談しようと思っていたが、今はもう気勢を削がれていた。

「いや、なんでもない。大したことじゃないから」

「そっか。じゃあ俺、帰るわ。瀬山は、泣けるといいな」

「うん。僕もそう思う」

大きく手を振り去っていく古橋に、僕も手を振り返す。またどこかで会えたらいいなと思いながら。


柚菜さんの命日の前日。僕は放課後、星野を部室に呼びだした。最初に声をかけたときは断られてしまったが、大事な話があると告げると応じてくれた。

掃除当番で遅れて来ると言った星野を、僕は椅子に座って彼女に借りた小説を読みながら待っていた。彼女の好きな青春恋愛小説で、僕は以前に比べ、その手の物語に感情移入できるようになっていた。人を好きになるという気持ちが、今は理解できたから。

「遅くなってごめん」

部室のドアを開くと同時に星野はそう口にする。僕は一瞬、初めて彼女と部活を行った日のことを思い出した。あのときもたしか、星野は掃除当番で遅れて来たのだ。

僕を泣かせようと彼女はＤＶＤプレイヤーを鞄の中から取り出して、ふたりで映画を観た。そのとき観たのは青春恋愛映画で、タイムリープものだったのを覚えている。ヒロインを死の運命から救うべく、主人公が何度も時間を巻き戻すといった内容で、星野だけが泣いていた。

僕も時間を巻き戻して、あの頃から星野としっかり向き合っていればなにかが変わっていたかもしれない、と思った。

「話ってなに？」

星野は僕の隣に腰掛けると、雑談を交わすことなく本題に入る。僕は姿勢を正して話を切り出す。

「桃香先輩から聞いたんだけど、星野さ、死のうとしたことがあるって、本当？」

昨日の夜遅くまで悩み、どう話したらいいかを考えた。星野が明日、本当に死のうとしているのかを聞き出したい。頭を捻った結果、言葉を濁さずにはっきり聞くべきだという結論に至ったのだ。

星野は俯いたまま返事をしない。返事を聞かずとも事実であることは知っていたので、僕は話を続ける。

「お姉さんの命日、明日だってことも聞いた。去年と一昨年、その日に死のうとしたことも。明日……星野は死ぬつもりなんじゃないかって思って、呼びだした」

臆さずに言えた自分を褒め称えたい。本人に直接こんなことを聞くなんて、正直勇気がいった。でも、こういうことは遠回しに聞くより、踏みこんで聞くべきだと思ったから、逃げずに話した。星野の顔は怖くて見られなかった。

「……どうだろうね。死ぬかもしれないし、死なないかもしれないし」

どこか芝居がかった口調で星野は言う。嘘でもいいから、死なないよと言ってほしかった。

「星野がいなくなったら、桃香先輩悲しむと思うよ。もっと体調が悪くなるかもしれない。それに星野の母親も、心配してたし」

「お母さんに会ったの?」

「桃香先輩の病室で会った。星野のこと、気にかけてたよ」

「…………」

それきり星野は口を閉ざした。ピリッとした空気が漂い、星野との間では味わったことのない緊張感が張り詰める。

言葉を探していると星野が唐突に沈黙を破る。

「話って、それだけ?」

話がなければ帰ると言外に匂わせているように聞こえて、僕はとっさに「好きだから!」と立ち上がって叫んでしまった。

「……好きって?」

「あの……今のはまちがいっていうか、いや、まちがってはないんだけど……」

数秒前にタイムリープしたかった。なぜ今そんなことを口走ってしまったのか、理由を挙げるとするなら桃香先輩のあの言葉がずっと頭から離れなくて、というほかなかった。

——大切な人がいたら、涼菜も生きようって思ってくれると思うんだけどなぁ。

以前、桃香先輩がそう言っていたのを今でも覚えていた。無責任な発言だと聞き流していたが、もっと早く自分の気持ちに気づいていれば、適切な場面で素直に伝えられていたかもしれない。

こんな状況下で気持ちを伝えても、うまくいかないに決まっている。でも、もし明日彼女が死んでしまったら、二度と僕の気持ちを伝えられなくなってしまう。そんなのは絶対に嫌だった。

僕は星野に体を向けて座り直し、深呼吸してから彼女に告げる。

「星野のことが好きだから、死なないでほしい」

言い終えて、そんな告白があるか、と心の中で自分に突っこむ。今まで星野に借りた恋愛小説や一緒に観た恋愛映画の登場人物たちは、しっかり相手の目を見て、もっとムードのある告白をしていたというのに。声も震えていたし、目も伏せてしまった。あんなに観た映画からなにも学べていない自分が情けなかった。

恐る恐る星野の顔を見やると、彼女は悲しげな表情で僕を見ていた。

「それ、桃香ちゃんかお母さんに言えって言われたの？」

「え？」

いる。
予想外の返答に目が点になった。訝しげに僕を見ている彼女の目はわずかに潤んで

「私の自殺を止めるための嘘なんでしょ？　ふたりに頼まれて、告白してるだけなん
でしょ?」

「いや、そうじゃなくて……」

「いいよ、無理しなくて。私のことは気にしないで。大丈夫だから」

抑揚のない声でそう言ったあと、星野の瞳から雫が零れ落ちた。彼女は机の上に置
いていた鞄を摑んで部室を出ていく。

僕は彼女を追いかけようと席を立つが、立ち上がった拍子に膝を机に打ちつけてそ
の場にしゃがみこむ。

痛む膝をさすって廊下に出た頃には、星野の姿はなかった。

僕の伝え方が悪かったのだ。しっかりと相手の目を見て、もっと熱意を持って自分
の気持ちを伝えるべきだったのだ。あんな中途半端で心のこもっていない告白では、
到底信じてもらえない。でも、好きだと誰かに伝えたのは初めてのことで、力の入れ
加減がわからなかった。

学校を出て星野に電話をかけるが繫がらず、僕は彼女が行きそうな書店やレンタル
ショップを探したが見つからなかった。最後に桃香先輩の病室に立ち寄ったが、そこ

にも星野の姿はなかった。

桃香先輩はベッドに横になり眠っていた。起こすのも悪い気がして僕は静かに来客用の丸椅子に腰掛け、嘆息を漏らす。

一世一代の大勝負のはずだった人生初の告白が失敗に終わってしまった。桃香先輩に星野を託されたのに、僕は無力だった。

「どうしたらいいんでしょう」

返事がないことはわかっている。ただ黙っていると頭の中が負の思考に支配されてしまいそうで、僕は眠る桃香先輩に言葉をかけ続ける。

「僕なりに頑張ったつもりだったんですけど、なにもできませんでした」

黙っていても声に出しても、結局出てくるのはネガティブなものばかり。虚しさだけが募っていく。

「僕はただ、自分が救われたかっただけなんです。泣きたくて星野と行動して……なのに、気づいたら好きになってました」

桃香先輩の寝息だけが返ってくる。彼女が目を覚まさないように、僕はそっと立ち上がった。

「こんなに辛いのに、泣けない自分が嫌になります。星野が死んでも泣けなかったら、僕のことぶん殴ってください」

最後にそう告げて僕は病室をあとにした。面会時間の終了間際になってしまい、薄暗い通路を進んで外に出る。

雨が降っていたが、傘を差すほどでもないのでそのまま細雨に打たれながら歩いた。

頬についた雨粒が、泣けない僕に神様がくれた涙のようだった。


翌朝、いつもより一時間早く目を覚ました。日付が変わってからずっと落ち着かなくて、明け方にようやく寝つけたがすぐに起きた。

星野の姉の命日である十一月十六日がついにやってきてしまった。桃香先輩に星野の自殺未遂の話を聞いてから今日まで、やれるだけのことはやったつもりだ。星野をたくさん泣かせたし、文化祭では体も張った。

入院している桃香先輩の代わりに、僕なりに考えて星野のために行動してきた。でも、昨日の様子を見る限り油断はできない。なにが起きようと星野の自殺を食い止めてみせる。そう自分に強く言い聞かせてベッドから出た。

今日は学校を休み、星野の家に行くことにした。今、自宅にはきっと母親がいるはずだし、もし星野が隙を突いてどこかへ行こうとしたなら僕が阻止する。

星野が自殺を決行せず、普段どおり登校する可能性も踏まえ、念のため制服を着用する。

準備を終えて家を出ると、ぽつぽつと小雨が降っていた。空は簡単に涙を流せていいな、と馬鹿なことを思いながら傘を差して最寄り駅まで歩く。

風が冷たくて、少しずつ冬が近づいていることを実感する。今年の冬休みはなんとしてでも星野と過ごしたい。桃香先輩も一緒に三人で。

いつもと変わらないなんてことのない朝でも、星野にとっては絶望の朝なのだろう。彼女には今日が一年で一番苦しい日。僕とは見える景色もちがっているのだろうか。

星野は今、どうしているのか。朝の準備をしているのか、それとも思い詰めているのか。前者であればいいなと都合のいいように考えているうちに駅に到着した。

星野の自宅は一度だけ行ったことがあるので場所は覚えていた。少し早く家を出たのに、駅の構内には早くも僕と同じ制服を着た生徒が何人か見受けられる。部活の朝練の生徒だろうか。

ゆっくりしている時間はない。星野と入れちがいにならないようにホームに滑りこんできた電車に速やかに駆けこんだ。

星野の自宅の最寄り駅で降車して徒歩十分。住宅街の一角に、星野が住んでいるベージュのアパートが見えてくる。さすがにアパートの目の前に立っているのは人目が気になるので、離れたところに待機する。

電柱の下で傘を差し、待ち合わせを装ってアパートの出入り口を監視する。時刻は七時半を回ったところで、学校へ行くならそろそろ家を出ないと間に合わない。しかし、しばらく待っても、星野が姿を現す気配は一向になかった。

『今、星野の家の前にいます』

星野の身を案じているであろう桃香先輩に連絡を入れると、『お願いね』とすぐに返事が届いた。

星野がアパートから出てきたのはそれから約一時間後。落ち着かなくて気を紛らわせようと携帯のゲームアプリで時間を潰していると、グレーのコートを着た私服姿の星野が出てきた。髪を下ろした星野を見るのは初めてで、母親も一緒だった。

僕はとっさに傘で顔を隠し、電柱の陰に身を潜める。元気そうとは言えないが、星野の姿を見られてひとまず安心した。ふたりは僕に気づかず、駅方面へと歩いていく。

「お花買わなくちゃね」

母親のその言葉に、星野は俯いたまま「うん」と答えていた。その会話から察するに、おそらく柚菜さんの墓参りに行くのだろう。僕は気づかれないようにふたりのあとを追う。

星野と母親が駅舎に入っていき、改札口を抜けたところで一旦追跡を終了した。母親がついていることだし、墓地まで尾行する必要はないだろう。この駅は改札がひとつなので、改札の見えるベンチに腰掛け、ふたりが帰ってくるのを待つ。

桃香先輩に状況を報告しつつ、長期戦を覚悟する。

改札口を睨み続けて数時間が過ぎた頃。

思い立ってツイッターを開き、「あっ」と思わず声が出る。メッセージが一件届いていたのだ。

『ゼンゼンマン』と画面に表示されていて、その瞬間、背筋が凍りついた。人の死を百パーセント的中させることができるという、ＳＮＳでは知らない人はいないほど有名な、あの死神から返信がきていた。

ゼンゼンマンはたしか、死が見えたときにしか返信は来ないはずだ。

恐怖を感じて体が硬直し、呼吸が乱れる。なにかのまちがいであってほしいと心から願った。

息を整えてから、僕は震える指で画面をタップする。

『残念ですが、この写真を撮った日から数えて八十日後にこの方は亡くなります。最後の時間を悔いのないように、大切に過ごしてください』

そのＤＭは一週間ほど前に僕のもとに届いていた。

僕は慌ててカレンダーのアプリを起動し、その日を数えていく。写真を撮ったのはたしか夏休みの終盤。星野が涙ノートに文字を綴っている間に、僕はこっそり写真を撮ったのだった。

「え……今日じゃん」

数え終えて驚愕する。僕はそう言ってもゼンゼンマンなんて半信半疑だった。しかし、まさか姉の命日に星野が死ぬと予言するなんて、これをただの偶然だと片付けるほど僕は楽観的ではなかった。

すぐに星野に電話をかける。

「おかけになった電話は電波の届かない場所にあるか……」

機械的な音声が流れ、焦燥感に駆られて電話を切り、乱雑にポケットに入れて、いてもたってもいられず駅を出ようとしたときだった。

「あ、瀬山くん？　涼菜見なかった？」

後ろから声をかけられ、振り向くと、星野の母親が汗ばんだ顔で縋るように僕に聞いてきた。どこかで転んだのか服は泥にまみれている。

「僕も今捜しにいこうとしてました。てっきりおばさんと一緒なのかと思ってたんですが」

「涼菜とお姉ちゃんのお墓参りに行ってたんだけど、目を離した隙にいなくなって……。どうしよう瀬山くん。涼菜、どこに行ったのかしら」

星野の母親は僕の両腕を強く摑み、切羽詰まった声で助けを求める。彼女の目は、僕を見ているようであり、どこか遠くを見ているようでもあった。

「落ち着いてください。もしかしたら家に戻ってるかもしれないので、おばさんは自宅で星野の帰りを待っていてください。もし星野を見つけたら僕が家まで送り届けます」

星野の母親にそう告げて僕は駅舎を出た。

今朝降っていた雨は上がっていたが、どんよりと重たい雲が頭上に広がっており、すぐにでも降り出してしまいそうな空だ。

ふと携帯を開くと、桃香先輩からその後の様子を窺うメッセージが何通も届いていた。彼女も本来なら柚菜さんの墓参りに行き、星野を見守っていたかったはずだ。

画面を通してでも焦っていることがひしひしと伝わってくるので、『心配しないでください』と返信した。

あちこち走り回り、星野が行きそうな場所に足を運んでみたが、彼女を見つけることはできなかった。

「星野！」

顔を上げると星野によく似たポニーテールの女性の後ろ姿があり、僕は思わず声をかけた。

「……はい？」

「すみません、人ちがいでした」

人ちがいしてしまうくらい、僕は焦っていた。鬼気迫る僕の様子に女性は怪訝な顔をして足早に立ち去っていく。

そのとき、携帯が鳴った。

画面には『桃香先輩』と表示されている。もしや桃香先輩の病院に!? 僕は飛びつくように通話ボタンを押す。

「もしもし」

「あ、瀬山くん? 今、涼菜のおばさんから聞いたんだけど、涼菜がいなくなったって……」

か細い声が耳に届く。これで桃香先輩の病室にいるという線も消えた。

「今、星野を捜し回ってます。でも、全然見つからなくて」

「あの子が行きそうな場所に心当たりがあるから、そこに行ってみて。場所は……」

「わかりました。行ってみます」

電話を切り、すぐに桃香先輩が口にした場所を地図アプリで調べ、案内に従って走る。いつの間にか日は沈み、辺りは真っ暗になっていた。冷たい風が吹きつけ、僕の体温を奪っていく。汗が冷えて体が震えたがそんなことはどうだってよかった。寒さに身を縮めるよりも、一刻も早く星野を保護しなければ、という感情が勝った。

向かった先は僕が今いる場所から割と近くて、数分で到着した。

エレベーターのボタンを連打するが、一向に下りてこない。もどかしくて階段を駆け上がり、荒い呼吸のまま外へと続く重たい鉄扉を開ける。

「いた……」

十二階建ての高層ビルの屋上に星野はいた。背の低いフェンスの向こうには、ぽつぽつと明かりが灯った繁華街が見える。

星野はフェンスを摑み、思い詰めた表情で雑踏を見下ろしている。

――柚菜はそのビルの屋上から飛び降りたの。もしかしたら、そこにいるかもしれない。

桃香先輩の予想は的中し、星野は姉が飛び降りたというビルの屋上にいた。僕は彼女に歩み寄り、声をかける。

「星野……ここにいたんだ」

星野はゆっくりと振り返り、僕を一瞥する。その長い髪の毛は雨に打たれたせいか頰に張りついている。

「そこでなにしてんだよ。風邪引くから、帰るぞ」

「私のことは放っといて。瀬山くんこそ、風邪引いちゃうから帰って」

僕の方を見ずに、星野は眼下の街並みを見下ろして言った。まるで姉の姿を捜しているように、彼女は暗闇に視線を彷徨わせている。

「さっき桃香先輩から電話きてさ。星野のこと、お願いって言われたんだ。だから、このまま帰ることはできないよ」

「瀬山くんは桃香ちゃんに言われたから、ここに来たんだ。昨日好きって言ってくれたのも、やっぱり桃香ちゃんに頼まれたからなんでしょ？」

それはちがう、と僕は声を張った。ひとつ前の自分の発言を後悔する。

「僕は半年前まで、人とまともに会話をしたことがほとんどなかったんだ。どう伝えれば相手に気持ちが伝わるのか、コミュニケーション能力の乏しい僕には難しくて」

言いながら情けないなと卑下する。でも、星野には僕のことを知ってもらいたいから、かっこ悪くても包み隠さず話した。星野が死ぬのをやめてくれるなら、嫌われてもいいと思った。

「桃香先輩に言われたのは事実だけど、僕は本当に星野のことを好きになったんだ。だから、死なないでほしいって言ったのも、好きだって言ったのも全部嘘じゃないし、ここへも自分の意思で来た。星野には生きていてほしいから、僕はここに来たんだ」

胸が詰まり、目の奥がぎゅっと痛みだした。このタイミングで涙を流せたらどんなによかったことか。死にたくて泣きたいのではなく、きっと涙は言葉に説得力を持たせてくれると思った。でも、僕の瞳から涙が流れることはない。

「私は、これ以上生きていたくない。私のせいでお姉ちゃんは死んじゃって、お母さんは病んで、お父さんは家を出ていった。幸せだったのに、私のせいで全部壊れちゃったんだよ……」

唇を震わせて、星野は涙ながらに言った。それは僕が見た中で一番悲しい涙だった。返す言葉が見つからず、僕は黙りこむ。雨はやんでいたが、星野の瞳からはぽろぽろと涙が流れていた。

「死んでも償えないことはわかってるけど、私はもう耐えられないの。ここから飛び降りて、消えてなくなりたい。お姉ちゃんじゃなくて私が死んでいればよかったんだよ……」

「じゃあ、星野が死ぬんだったら、僕も死ぬ」

「……なんでそうなるのよ。意味わかんない」

フェンスに額をつけて、星野は泣き崩れる。

「僕は……僕は星野のおかげで変わることができたんだ。星野のおかげで僕は、失っていた感情を取り戻すことができた。まだ泣けてはいないけれど、星野さえいてくれれば涙なんか流せなくたっていい。この先一生泣けなくてもいい。星野が生きていてくれるなら、僕は……」

気づいたらひとりでに口が動いていた。考えるよりも先に言葉が飛び出し、僕はもう思うままに任せて、ただ星野を見つめる。

目の奥が沸騰したかのように熱い。涙腺の中が波打っているような、そんな感覚。

それでも涙は引っこんだままで、溢れてはこない。

星野は目を真っ赤に充血させて僕を見つめる。救いを求めるような、怯えた目をした彼女に僕の胸はぎゅっとなった。

「僕が星野のことを好きだって信じてくれないなら、ここから飛び降りる。桃香先輩の差し金じゃないってこと、身をもって証明するよ」

「ちょっと待ってよ。なんでそこまで……」

「もともと僕は死ぬつもりだったんだ。星野に近づいたのも、それが目的だった。涙を流して死ぬことが理想だったけど、今はそんなことどうだっていい」

「意味わかんないよ！　なんで瀬山くんまで……」

星野は顔をくしゃくしゃにして泣き叫ぶ。ひと際強い風が吹き抜け、彼女の言葉は途中で掻き消される。

「涙失病なんだ。泣いたら死ぬ病気で……」

ふっと風がやみ、静寂に支配されたビルの屋上で、僕のその言葉は自分が思っていたよりも鮮明に響いた。

「もういいよ。嘘ばっかり……」

「嘘じゃない。僕は一度だって星野に嘘なんかついたことない。星野が死んだら、僕はきっと泣く。星野が死んだらどのみち僕も死ぬことになる」

ひと息に捲し立てたが、星野はなにも答えない。急にそんなことを言われても信じてもらえないのはわかっている。それでも僕は、伝えようと必死に言葉を紡ぐ。

「涙失病っていうのは、一度に小さじ一杯分の涙を流すと死ぬらしいんだ。今までずっと感情を押し殺して泣かないようにしてたんだけど、そんな生活に嫌気がさして、最初は星野を利用して死ぬつもりだった」

そこで一度息を吐き、気持ちが届くようにと願いながら続けた。

「でも今は、星野と一緒に生きたいと思ってる。星野と出会ってから今日まで、こんなに心が動かされたことなんてなかったし、一緒に笑い合ったり悲しんだり、そういう当たり前の日々が愛おしいと感じたのは初めてだった。誰かのために生きたいなんて思えたのも、初めてなんだ。僕は――星野のために生きたい。だから、星野にはこの先も生きていてほしい」

視線を逸らさずに、星野の目を真っ直ぐ見つめて思いを告げる。星野は黙りこんだまま潤んだ瞳で僕をじっと見るが、やはりなにも答えてはくれない。

これでも信じてもらえないのなら、宣言どおりここから飛び降りて、行動で示すしかないのだろうか。文化祭のときのように。

しばらく沈黙が落ち、再び冷たい風が屋上を吹き抜ける。僕の発言を素直に受け入れられないでいるのか、星野は目を伏せて下唇を噛み、なにかを堪えている様子だった。

僕は説得するのを諦め、覚悟を決めてフェンスに歩み寄り、手をかける。見下ろすとあまりの高さに目眩がした。十二階。ここから飛び降りれば命はない。それでもいいと思った。

そのとき、僕を引き止めるように星野が口を開いた。

「本当……なの？　泣いたら死んじゃうって、本当のことだったの？」

僕はフェンスにかけた手を下ろして星野に向き直る。

「本当だよ。でも、もう泣こうとするのはやめた。星野が生きてくれるなら、それだけでいい。また部室で笑い合ったり泣かせ合ったりしよう。僕は、星野が死んでしまう以外で泣くことはないけど」

星野はその場に膝をつき、両手で顔を覆って涙を流す。ごめんね、と彼女は何度も呟いた。

「ずっと嘘だと思ってた。人前で泣くのが嫌で、子どもみたいな嘘をついてるんだって。今まで信じてあげられなくてごめん。言いづらいことなのに、話してくれてありがとう。私、もう少しで瀬山くんを死なせちゃうところだったんだね……」

「いや、ちゃんと説明しなかった僕が悪いし、なかなか理解してもらえない病気だからさ」

「でも、私が死んだら瀬山くんも死ぬなんて、そんなのずるいよ。そう言われたら、絶対死ねない……」

　星野は眉根を寄せ、行き場を失ったように当惑した顔で涙に暮れる。

　——星野が死ぬんだったら、僕も死ぬ。

　たしかに意地が悪い物言いだと思う。でも、真実だ。

「ずるいって言われても、今目の前で星野が死んだら、僕はまちがいなく泣いちゃうと思うから」

　少しの間、星野は沈黙する。その間も彼女の瞳からは何粒もの涙が零れ落ちていた。

「……私、瀬山くんには生きていてほしい」

　地面にいくつもの光の粒を零しながら、星野は声を振り絞った。

　僕も星野と一緒に泣きたかった。ふたりで泣けたなら、きっと悲しみも苦しみも分け合える気がするから。

「だから、死ぬのはやめる。私も、瀬山くんと一緒に生きたい」

「……え、本当に？」

「うん。私が死んだら瀬山くんも死んじゃうなら、やめる。私、これからは頑張って生きてみる。瀬山くんのために、前を向いて、精一杯生きてみたい。今まで心配かけてごめんね。こんな私のために、ありがとう」

涙が止めどなく溢れるまま、星野は自分の左手首を強く握りしめた。その服の下にあるだろう傷が疼くのだろうか。

僕はそっと星野に歩み寄る。そして星野の腕を取り、抱きしめる。

「僕も死ぬのはやめにする。これからは病気と向き合って、僕も精一杯生きるよ」

星野も泣きながら微笑み、僕の背に手を回してくれた。彼女がゆっくりと僕に体重を預ける。

僕の想いが、言葉が、ようやく星野に届いた。

星野の体温は温かく、僕はぎゅっと腕に力をこめる。一生このままでいたいと思った。

「なんか、うちのクラスのロミオとジュリエットみたいだね」

「どこが?」

「だってふたりとも死のうとして、結局生きて帰ってる。文化祭のときのロミジュリじゃん」

体を離し、見つめ合う。照明の光に照らされ、時折きらっと光る涙をぽろぽろ零しながら、星野は笑う。それは僕が今まで見たどんな涙よりも美しく、眩しかった。

見つめ合ったまま、しばらく無言になる。星野はまだ涙が止まらないようで、

「あーあ」と天を仰いだ。

「私がこんなに泣いてたらだめだね。これからは泣かないで、笑って生きることにするね」

そう言ったそばから、星野はまた笑いながら涙をひと粒零した。僕は呆れながらも、彼女に微笑み返す。これ以上ないほどの幸福が僕の全身を満たしていく。

「星野は泣き顔よりも、笑顔の方が似合うと思うよ」

「それ、なんかの映画で聞いたような台詞なんだけど」

星野がそう突っこみ、ふたりで声を上げて笑い合った。


——僕が星野の涙と笑顔を見たのは、その瞬間が最後となった。

沈黙の涙

「星野、亡くなったって！」

翌日の二時間目の授業終わりの休み時間。演劇部の高橋が慌ただしく教室に入ってくるなりそう叫んだ。騒がしかった教室は一瞬にして静まり返り、数秒時が止まったように誰もが静止する。女子生徒のひとりが手にしていた携帯を床に落とした。漫画や映画のワンシーンのように。

画面が割れる鈍い音をきっかけに、教室に音が戻る。ざわざわと騒がしくなり、教室を出ていく生徒もいた。

僕は星野に借りた本を手に持ったまま、動けずにいた。

おかしいとは思った。生きる決意をしてくれた彼女が、今日も欠席していたから。きっと昨日の冷たい雨に打たれて風邪を引いたのだろうと僕は思っていた。朝メッセージを送ったけれど返信がなかったし、熱が出て寝こんでいるのだろうと。

女子生徒の何人かが泣いている。けれど僕は、星野が死んだなんて信じていなかった。高橋が聞きまちがえたか、単なる人ちがいか。だって星野は、僕に生きると言ってくれたのだから。

「事故かな」

「自殺かもしれない」

「たしか、去年自殺未遂したって噂、聞いたことあるよ」

「え!?　嘘。でも最近、なんか悩んでるみたいだったよね」

「うん、元気なかったもんね、やっぱりあれって本当だったのかな」

あちこちからそんな言葉が僕の耳に届く。なにも知らないくせに、勝手な想像で決めつけるなと怒りが込み上げてくる。

「星野が……星野が死ぬわけないだろ！」

激しく机を叩き、僕は席を立って声を荒らげる。

クラスメイトたちが一斉に僕に視線を向け、その場で硬直する。大きな声を出したことに誰よりも驚いていたのは、ほかでもない僕自身だった。

これまでの僕だったら、クラスメイトの身になにが起きようと無関心でいられたはずだ。他人が不幸に見舞われようと、動じたり干渉したりなんてするはずがない。

それなのに星野のことになると怒りが収まらず、ぐっと固めた拳の震えが止まらなかった。

「いや、でもさ、さっき職員室で聞いちゃったんだ。お前の気持ちもわかるけどさ、落ち着けよ」

高橋が僕を宥めるように、且つ自分にも言い聞かせるように引きつった表情で言った。彼自身もまだ事態を飲みこめていないのだろう。落ち着けと言いながら、目が忙しなく泳いでいた。

高橋に諭されたがなにも言えずにいると、再び教室には喧騒が戻ってくる。僕は怒りを呑みこみ、着席して「そんなわけない」とひとりごちた。

しかし、三時間目と四時間目が自習になり、昼休みにはネットニュースで星野の死が全国に伝えられた。

僕は本当に彼女が死んでしまったのだと悟った。

ニュースによると、星野は今朝、道路に飛び出してワゴン車に撥ねられ、命を落とした。星野を撥ねた運転手は、彼女が赤信号で飛び出してきたと供述した。星野の自宅からは遺書が見つかっており、警察は現場の状況や遺書が見つかったことから自殺の線が高いとし、引き続き捜査を進めているとのことだった。

記事のコメント欄は、ある意味では被害者ともいえる運転手を擁護し、道路に飛び出した星野を非難する言葉で埋め尽くされていた。これ以上見ていられなくて携帯を閉じる。胸がえぐられたような痛みが走った。

僕は自分の席に座ったまま頭を抱える。

笑って生きることにするって言ってくれたじゃないか。僕のために前を向いて生きると言ってくれたじゃないか。これからは病気と向き合って、精一杯生きると言って抱きしめた僕を、君は抱きしめ返してくれたじゃないか。

そう星野を責め立てたかった。

僕は安心しきっていた。星野はもう大丈夫だと。死なないと言ってくれた。生きると言ってくれた。だから、もう彼女が死ぬことはないだろうと勝手に思いこんでいた。昨日自宅まで送り届けたときも、星野は「また明日ね」と手を振って微笑んでくれたのだ。『また明日』が来ることを、僕は信じて疑わなかった。彼女が僕にそう言ってくれたのだから、必ず明日はやってくるのだと。

今朝、彼女の家に迎えに行くべきだった。あらゆる可能性を考えて行動すべきだったと自分を責めた。

放心状態のまま教室を出て帰宅した。

その日の夜に桃香先輩から電話がかかってきた。彼女は星野の訃報をついさっき耳にしたようで、電話越しに泣き叫ぶ声が聞こえてくる。

僕は桃香先輩を慰めることもできずに電話を切った。

星野を喪った僕は、空っぽだった。

星野の葬儀の日。連日降っていた雨が上がり、穏やかな昼下がり。僕はまだ夢の中にいるような心持ちで葬儀に参列した。

会場にはすでに何人かの見知った顔があった。あちこちですすり泣く声が聞こえてくる。クラスメイトたちは目や鼻を真っ赤に染めて、急な永訣に困惑している様子だった。

いつもへらへら笑っている生徒も、教室では常に詰将棋の本を読んでいる浮いた存在の生徒も、この日ばかりは彼女の死を悼んでいる。必ずしも親しくなかった生徒までも泣いており、彼女の葬儀はいくつもの涙に包まれていた。

その中で、僕だけが泣いていない。

僕はそんな彼らの姿に、憤りを覚えずにはいられなかった。ただ雰囲気に流されて泣いているだけの、その場限りの借りものの涙。あるいは人目を気にしての空涙。

僕の目には、そのようにしか映らなかった。

彼女のことをろくに知りもしないくせに、周りに流されて泣いているやつらが許せなかった。

もしかするとそれは、単なる八つ当たりなのかもしれない。彼女とはほとんど接点のなかったやつらが泣いているのに、彼女と深い関わりがあったはずの僕が少しも泣けないことに対する苛立ちやもどかしさ。

このぶつけようのない怒りをどこへ向けたらいいのか。

星野の遺影を目にしても、星野の遺体と対面しても、僕は彼女が死んでしまったことを受け入れられず、涙は出なかった。

――初めて好きだと思えた。心から大切な人だと思えたのに、泣けない自分。

星野が死んだら僕はまちがいなく泣いてしまうと、昨夜、彼女に宣言した。しかし、いざ彼女が亡くなっても涙のひとつも出やしない。

中学の友人たちの僕に対する評価は正しかった。

僕はやはり冷酷人間だったのだ。

どの面下げて葬儀にやってきたのか、と自分でも呆れながら不慣れな焼香を終えて座席に戻る。

星野はもう、泣くことも笑うこともできない。ただ無表情で、仮死の薬を飲んだジュリエットのように綺麗な顔で目を閉じていた。

これは、僕を泣かせるために、大人数を巻きこんだ盛大なドッキリではないのか。今すぐ星野が棺の中から起き上がって、ドッキリでしたと笑いかけるのではないか。そんなことがあるわけないのに、そう願わずにはいられなかった。

「瀬山くん、ちょっといいかしら」

葬儀が終わって会場の外に出ようとしたとき、星野の母親に呼び止められた。この前、星野を送った際に会ったときよりも頬はこけ、憔悴しきっている。

「なんですか？」

「これ、涼菜の部屋のゴミ箱にあったの。瀬山くんに宛てた遺書だと思う」

ふたつ折りの紙切れを受け取る。星野の母親はもう一枚の紙切れを僕に渡し、「これ、桃香ちゃんに渡してくれる？」としわがれた声で言った。

僕宛てのものと桃香先輩に宛てた遺書もあったのだと彼女は話す。僕が「わかりました」とそれを受け取ると、星野の母親は小さく頭を下げて去っていった。

その手紙を、躊躇なくその場で開く。

『今まで楽しかった。勝手なことしてごめん。私が死んだら、瀬山くんはきっと泣いてくれるよね』

手紙の中央に、弱々しい字でそう書かれていて、愕然とする。彼女は僕の病気のことを信じてくれなかったのだ。理解してくれたと思ったのに、ごめんねって言ってくれたのに、どうして——。

悔しくて手紙を持つ手が震える。またしても僕の伝え方が悪かったのだろうと自分に落胆した。

星野が遺した短いメッセージを読んでも、涙は出なかった。生きると言ってくれた彼女が、なぜ自ら命を絶ったのか。怒りや悲しみとともに、なぜ、という疑問で頭の中が埋め尽くされる。

あの夜の言葉は本心ではなかったのだろうか。僕が邪魔をして死なせてくれないから、その場しのぎの嘘をついたのだろうか。僕に最後に見せたあの涙も、偽りの涙だったのだろうか。

考えれば考えるほど心の中が淀んでいく。でも、考えるのを止められなかった。自問自答を繰り返しながら桃香先輩の病院に向かう。その間、いくら思考を巡らせても答えは見つからなかった。

病室の前で足を止め、ドアをノックする。

「はい」

と細い声が返ってくる。

「こんにちは」

入室すると桃香先輩は泣き腫らした目を僕に向けて、顔を伏せた。きっと星野の訃報を耳にしてから泣き続けていたのだろう。さらに彼女を泣かせてしまうことになるかもしれないけれど、僕は星野の母親から受け取った星野の手紙を桃香先輩に渡した。

「これは？」

「星野が、桃香先輩に宛てた遺書だそうです。僕宛てのもありました」

「そう。届けてくれてありがとう」

そう言いながら桃香先輩はふたつ折りの手紙を開く。読んでいないので、なにが書かれているか僕は知らない。おそらく感謝の言葉と、謝罪の言葉が並んでいるのだろうなと想像はつく。

手紙を読んだ桃香先輩は口元を押さえ、はらはらと涙を流し始めた。体を震わせ、やがて声を上げて子どものように泣き喚く。

「涼菜……涼菜ぁ……」

星野の名前を呼びながら、時折ごめんねと口にして桃香先輩は涙に沈む。

このまま立ち去った方が正解なのか、そばにいるのが正解なのかわからなくて、僕は俯いたままその場に突っ立っていた。

「これ、使ってください」

ポケットの中のハンカチを桃香先輩に手渡す。彼女はなにも言わずそれを受け取り、目元にぐっと押しつけて嗚咽する。

本当は彼女は誰よりも星野のそばにいたかったはずだ。桃香先輩が入院さえしていなければ、もしかしたら結果は変わっていたのかもしれない。僕ではなく、桃香先輩が星野のそばにいてくれたなら、星野が死ぬことはなかったのかもしれない。

そんなことを今さら悔やんでも意味がないことくらいわかっている。それでも僕らは、後悔せずにはいられなかった。

しばらくして桃香先輩は泣きやみ、僕はとりあえずベッド横の椅子に腰掛ける。

「取り乱してごめんね。いくら泣いても、涙って涸れることはないんだね」

彼女のその言葉が僕の胸を締めつける。涸れる涙すらない僕は、やはり血も涙もない冷たい人間なのだろうか。

「僕は……星野が死んでも泣いてやることができなかった。最低ですよね」

「なに言ってるのよ！　たくさん泣いちゃったら、瀬山くんも死んじゃうじゃない。瀬山くんまで死んじゃったら、私、きっと立ち直れないよ……」

いつも穏やかな桃香先輩が珍しく声を荒らげた。すみませんと僕は頭を下げる。

「あ、いや、私の方こそごめん。瀬山くんの気持ちもわかるけど、泣くことだけが悼むことじゃないと思うよ」

「そうかもしれないですけど、でも……僕は泣きたかったです」

桃香先輩は慰めてくれたが、僕は大切な人を喪っても泣けない自分に嫌気がさしていた。星野は僕を泣かせるために死んだわけではないけれど、だとしても彼女はきっと泣いてほしいと願ったはずだ。

いつか泣いてみたいと言った僕のために、星野は最後に禁じ手を使った。

そんなことで僕を泣かせたとしても、なにも残らないじゃないかと彼女を責めたかった。

「瀬山くん。今まで涼菜のためにいろいろしてくれて、ありがとうね。きっと、涼菜は最後に楽しい時間を過ごせたと思う。本当にありがとう」

「いや、僕はなにも……」

そう言いかけて口を噤み、立ち上がる。ここへ来た目的は果たせたし、桃香先輩の体調を気遣って長居するべきではないと判断した。なにより、早く家に帰って横になりたい。

「僕、そろそろ帰ります。また来ます」

そう告げて立ち去ろうとしたとき、ベッドテーブル上の一冊の本に目がいった。見覚えのあるタイトルに、僕はすっと手を伸ばしていた。

『一毫の涙』

涙失病を扱った恋愛小説だ。白いシャツを着た青年が空を見上げ、ひと筋の涙を流している表紙のイラストに目を引かれる。

「それ、貸してあげる。とってもよかったよ」

「前から気になってたので、家で読んでみます。じゃあ、僕はこれで」

本を鞄の中に詰めて病室を出る。以前は興味なんてなかったが、どうしてか読みたくなった。

バスに乗り、携帯を取り出して一毫の涙について調べてみた。

それによると著者の西誠一郎（にしせいいちろう）は涙失病患者らしく、この小説を執筆中に何度も涙を流してしまい、三度の入院を経験。脱稿までに三年かかっているのだという。レビューサイトは軒並み高評価だ。

とにかく星野のことを考えずにいたい。

帰宅して父に本が見つからないように隠して部屋に入り、さっそく本を開く。

幼い頃に涙失病を発症し、僕のように感情を押し殺す生活を送っていた大学生の青年が、不治の病に侵された同い年の女性と出会い、恋をする物語。境遇はちがうけれど、ヒロインの女性が星野と重なり、胸が苦しくなった。

主人公に涙失病だと打ち明けられたヒロインは、やがて彼と距離を取るようになる。彼が自分に好意を抱いていることに気づいた彼女は、自分が死んだら彼は涙を流してしまうかもしれないと思った。そうならないようにヒロインは心を閉ざしたのだ。

一歩まちがえれば、僕と星野もこうなっていたかもしれない。信じてくれたかはわからないけれど、もし僕が星野に涙失病のことをもっと早く告げていれば、きっと彼女は僕を退部させ、一切自分と関わらないようにしていただろう。だって星野は、死のうとしていたのだから。

目の奥が沸々と煮えたぎるような感覚に襲われた。星野と出会ってから、何度も経験した痛みだ。おそらくこれは、僕の中で眠っていた感情が暴れているのだと思った。泣きたいと、もうひとりの僕が叫んでいる。しかし、涙が流れてくる気配はなかった。

物語は進み、いくつもの困難を乗り越えてふたりは結ばれる。ヒロインも主人公に恋をしてしまい、どうしても離れることができなかった。

やがて約束された別れがやってくる。ヒロインは病によって命を落とし、彼女の死に直面した主人公は血涙を絞る。泣いて、泣いて、泣き喚いて。これ以上涙を流すと自分が死んでしまうと知っていながら、彼は泣き続けた。

そして主人公は命を落とし、ふたりは天国で再会する——。そんな悲しい結末だった。

あとがきを読むと、どうやらこの物語は著者の実体験をもとにしてつくられたものらしい。著者の西誠一郎は恋人を亡くしたが、涙を流すことができなかった。彼も本当は恋人が亡くなったあと、涙を流して死にたかったと書いている。だから、自分の願いを込めて世に送り出したのだと、あとがきには綴られていた。

僕も西誠一郎も、この小説の主人公のようになりたかった。だが現実は小説のように自分の理想どおりには動いてくれない。現実はどこまでも残酷だった。

星野が亡くなった直後、僕もすぐに号泣して彼女のあとを追いたかった。そうすればこんなに辛い思いをせずに済んだのに。

中学時代の友人たちが言っていたように、僕はやっぱり冷酷人間なのだ。だから僕は、星野が死んでも泣けていない。本当に彼女のことが好きだったのなら、どうして涙のひとつも流してやれないのか。

ひと通り自分を責め立てたあと、僕はベッドに倒れるように寝転び、そのまま眠りについた。

翌週の半ば。僕は木曜日にその週初めて登校した。月曜から水曜までは欠席し、家でひたすら呆けていた。なにもする気が起きず、夜は眠れなかった。朝までずっと、星野のことばかり考えていた。

期末テストは後日追試を受けることになった。

昨日の夜、結局当たらなかったじゃないかと苛立って、僕はゼンゼンマンの予言を確認し直してみた。もう一度数えてみると、星野の死は姉の命日の翌日となっていた。あのとき僕は慌てていたせいで数えまちがえ、一日ずれてしまっていたのだ。ツイッターで話題の死神の予言は当たっていたのだと驚きつつ、僕が数えまちがえていなければもしかしたら星野を助けられたかもしれないのにと悔やんだ。

ふと気がつくと放課後になっていて、僕は無心で鞄に教科書やノートを詰め、教室を出た。

星野が死んでも、当たり前のように日常は続いている。星野のニュース記事はどうでもいいようなニュースに上書きされ、人々の記憶から消えていく。

そんな世界をあと何十年も生き続けるのかと思うと、僕は耐えられないと思った。

「あ、おい瀬山！　ちょっと待て！」

廊下で担任に呼び止められて僕は立ち止まる。きっと追試の話だろうと思ったが、担任が手にしていたものに目が留まった。

「さっき星野のお母さんが来て、これを瀬山にって言われてな。部活で使うものなんだろ？　このノート」

僕は見覚えのある水色のノートを受け取る。星野の涙ノートを。

「瀬山も辛いよな……。気をつけて帰れよ」

沈痛な面持ちでそう言った担任に頭を下げ、ノートに視線を落とす。

ノートの表に『～映画研究部活動記録～』と小さく書かれているため、星野の母親は部誌かなにかだと勘ちがいしたのだろう。僕はこれを読んでいいものか迷った。星野は頑なに僕に見せまいとしていたから。

学校を出て、しばらく歩く。右手に見えてきた公園のベンチに腰掛け、僕は涙ノートをじっと見つめる。

たしか前半のページには読んだ本や観た映画の感想が綴られていて、後半のページには星野の心の声が記されていたはずだ。

前半を読む分には問題ないだろうと判断し、涙ノートの最初のページを開く。映画や本のタイトルと一緒に泣けるポイントや感想が書かれている。この辺りは以前読んだことがあった。

さらにページをめくると、星野と初めて一緒に観たあの映画のタイトルもあった。

『タイムリープ青春恋愛映画。私のおすすめの漫画や小説を読んでも瀬山くんは泣かなかったから、これならどうだと思って観せたのに、ちっとも泣いてくれなかった。悔しい。次こそは絶対に泣かせてみせる！』

そこに綴られていた文字を見て目を見開く。映画を観た感想ではなく、星野は映画を観た僕について記述していた。

その下にも、星野は映画のタイトルと僕のことを書いていた。

『家族愛を描いたヒューマンドラマ。母親が病気で亡くなっちゃうお話。瀬山くんも小さい頃に母親を亡くしたらしい。この映画を観て共感して泣くんだろうなって思ってたけど、今日も瀬山くんは泣かなかった。
どうしたら泣かせられるんだろう。泣きたいのに泣けないのって、辛いよね。なんとかして瀬山くんを泣かせてあげたい』

読み進めていくと星野と過ごした日々が蘇ってくる。なんてことのない一日でも、今は愛おしく感じられた。

この頃の星野からは死の匂いは一切感じられず、溌溂とした泣き虫な少女という印象が強かった。星野が自ら死を選択したなんて、正直今でも信じられない。

『大人から子どもまで楽しめるファンタジー映画。涙脆い友達をふたり誘って、もらい泣きさせる作戦を思いついたけど失敗だった。ナイスアイディアだと思ったのに。ぴえん。

今日は激辛カップ焼きそばを食べさせて泣かせようと思ったけど、ルール違反だって怒られた。結局私が食べる羽目になって、泣きながら食べた。ぴえん』

ぴえんが鼻につくけれど、そんなこともあったなと口元が緩む。そういえば星野は、僕に玉ねぎをみじん切りさせようとしたこともあった。玉ねぎに殺されるのは気が進まないので、当然断った。

『今日の活動は趣向を変えて瀬山くんとサッカー観戦。白熱した試合だったけど、瀬山くんはやっぱり泣かなかった。なんかデートしてるみたいで楽しかった。それにしても彼は本当に手ごわい……』

学校の外で星野と会ったのはこの日が初めてだった。見慣れない私服姿の彼女を見て、ドキドキしたのを覚えている。
デートみたいじゃなくて、あれはれっきとしたデートだ。異性とふたりでどこかへ出かけたのも、初めてのことだった。

『今日はレッドストーンズのライブに参戦！　本当は桃香ちゃんと行く予定だったけど、桃香ちゃんが新しい部員の子と行ってきてって言うから瀬山くんを誘った。会ってすぐに左腕の包帯のこと指摘されたけど、うまくごまかせてよかった。それにしても、やっぱりレドストは最高だったなぁ』

二週連続で星野に連れ出され、ライブに参戦した日。このときはまさか自傷しているなんて思わなくて、彼女が悩んでいることに気づいてやれなかった。
星野が僕を連れ出してくれたおかげで、今まで触れてこなかった文化を知ることができた。もっとふたりで、いろんなところへ出かけたかった。

『今日は桃香ちゃんの病室で三人で恋愛映画を観た。私と桃香ちゃんは泣いたけど、瀬山くんは今日もだめ。なんか、そわそわしていて全然映画に集中してなかった。もしかして、桃香ちゃんのこと気になってるのかな……』

それは誤解だと弁明したい。星野が過去に自殺未遂をしていると知って、映画どころではなかった日だ。

『今日の活動は感涙イベント。瀬山くんが初めて誘ってくれた。短い動画を観たり、朗読や弾き語りを聞いたり、私はすべてのプログラムで泣いた。なんか、瀬山くんが私を泣かそうとしてる？　泣かせたいのは私の方なのに！』

桃香先輩に星野を泣かせてほしいと頼まれて、彼女を泣かせようと必死だった頃。星野は簡単に泣いてくれて、正直張り合いがなかった。

ちょうどこのイベントが終わったあたりから星野の様子が徐々に変わっていったのだ。部活の回数も減り、イベントに誘っても断ってばかり。彼女の手を引いて、強引にでも連れて行けばよかったと今は思う。

『今日は私の部屋で瀬山くんと恋愛映画を観た。桃香ちゃんおすすめの、大人向けの恋愛映画。キスシーンが多くて気まずかった。私、映画を観終わったあと瀬山くんの前で号泣しちゃった。なんかわからないけど、気づいたら泣いてて、涙が止まらなかった。困らせちゃったと思うけど、瀬山くんは背中をさすってくれて、なにも聞かずにそばにいてくれた。瀬山くん、優しかった』

たしかにあのときは困り果てたが、とっさに背中をさすって正解だったらしい。星野の温かい背中を手のひらに思い出し、寂しさが増した。

『今日は瀬山くんが私に観せたい映画があるとのことで、途中まで観た。大切な人を守るために自らを犠牲にする主人公のお話。この映画、前に桃香ちゃんと一緒に観たことがあった。大切な人を失い、残された人たちの気持ちがひしひしと伝わってくる内容で、観終わったあと瀬山くんになにを言われるのか怖くなって、途中で帰った。せっかく用意してくれたのに、本当にごめんなさい』

星野に考えを改めてほしくて、僕が選んだ映画を観せた日の記述。まさか観たことがあったなんて。桃香先輩も僕と同じことを考えてその映画を星野に観せたのかもしれない。

次のページは白紙だった。考えてみれば、これは活動記録なのだ。星野と最後に部活を行ったのはその日が最後だった。

　僕はもう一度頭から読み返し、星野と過ごした日々を回顧する。どれもこれも僕にとっては大切な思い出で、けれど振り返ってみても涙が込み上げてくる気配はない。泣きたいのに泣けないことが、こんなに苦しいことだと感じたのは初めてだった。

　そして問題はノートの後半のページ。僕が踏みこんでいいものなのか、しばらくの間逡巡した。

　迷った末、星野の心の声が書かれているページを、僕は読んでみることにした。


『消えたい』

『辛い』

『もう無理かも』


　以前読んだことはあったが、やはりそこには負の言葉が綴られていた。読み進めるのは辛かったが、僕は目を逸らさずに次のページに進む。

『図書室で本を読んでたらクラスメイトの瀬山くんに話しかけられた。七年間泣いてなくて、泣いてみたいって言ってた。泣いたら死ぬ病気とも言ってた。面白い人だなって思ったから、映画研究部に誘ってみた。そしたら入部するって言ってくれた。嬉しくてさっそく桃香ちゃんに報告したら、桃香ちゃんも喜んでた』

僕が初めて星野に声をかけた日のことも記載されていた。そんな理由で誘っていたのかと思うと笑えてくる。桃香先輩も歓迎してくれていたみたいで、僕まで嬉しくなった。

『最悪。瀬山くんに読まれたかも。死にたい』

これはきっと、僕が涙ノートの後半のページを見てしまったあとに星野が書いたものだろう。日付が書かれていないので、いつこれを書いたのかはっきりしないが、おそらく僕が初めて涙ノートの存在を知った日のことにちがいなかった。

今僕がこのページを読んでいることも、星野は望んでいないのかもしれない。

『夏休み最高！　友達とプールに行ったり、桃香ちゃんの病室で三人で部活をしたり。来週は瀬山くんと映画を観にいく約束をした。楽しすぎる。一年中夏休みだったらいいのに。でも宿題だけは本当にいらない』

前向きな文字が目に飛びこんできて、思わず口元が緩む。こんなことになるのなら夏休み中、星野を遊びに誘って、たくさん思い出を残しておけばよかったと後悔した。星野を泣かせることに固執し、僕は肝心なことを見失っていた。彼女との何気ない一日を、ただ楽しむだけでもよかったんだ。

その後はいくつもの暗い言葉が続いた。

『消えたい』
『生きるのが辛い』
『瀬山くん全然泣いてくれない』
『あの映画を観て泣かないとか信じられない』
『楽になりたい』
『私が死んだら泣いてくれるかな』
『今日も死にたい』
『もうすぐお姉ちゃんに会える』
『また切っちゃった』
『桃香ちゃんに会いたい』

僕に対する愚痴も挟みつつ、星野は徐々に沈んでいっているようだった。このノートに気持ちを吐き出すことで、星野は壊れそうな心を繋ぎとめていたのかもしれない。

『秋の匂いは私にとっては死の匂い。今年もまたこの季節がやってきてしまった。秋は一番好きな季節だったのに、いろいろ思い出しちゃうから今は嫌い。今年はどうするかまだ決めてないけど、きっと私は、死のうとするんだろうな』

柚菜さんの命日が近づくにつれ、暗くなっていった星野を思い出す。秋は星野にとって、一番耐えがたい季節。僕よりももっとポジティブで、彼女の沈んだ気持ちを払拭できるやつが隣にいたのなら、もしかしたら彼女を救えたかもしれない。そんな考えても意味のないことばかり考えてしまう。

僕のように暗くて無感情な人間と一緒にいたから、星野の気持ちは晴れなかったのだろうか。

『文化祭、めちゃくちゃ楽しかった！　とくに瀬山くんの劇乱入事件が最高に面白くて、大成功だった。桃香ちゃんも文化祭に来てくれて嬉しかった。桃香ちゃんたぶん留年するみたいだから、来年も三人で文化祭楽しめたらいいな……』

そんなことを思ってくれていたのかと、胸につかえていたものが取れたような気持ちになる。これに関してはよくやったと、勇気を出して行動に移した自分を褒めてやりたい。

来年のことも書いているから、このときはまだ自殺を決行するか決めかねていたのだろう。

なにが決定打になってしまったのか――。悔やんでも悔やみきれない。

『瀬山くん、私の自殺未遂のこと知ってた。好きだって言ってくれたけど、私の自殺を止めるために言ったとしか思えなかった。たぶん、桃香ちゃんに言わされたんだと思う』

これはおそらく、柚菜さんの命日の前日に僕が星野に死なないでほしいと告げたあとに書かれたものだろう。勘ちがいも甚だしいが、伝え方が悪くて僕の思いは星野には届かなかった。このときに僕がうまく立ち回っていれば、星野の自殺は防げたのだろうか。

『お母さんと桃香ちゃんと瀬山くんに手紙を書いた。手紙というより、遺書に近いかな。三人とも、本当にごめん。私はお姉ちゃんのもとへ行きます』


そこで僕はノートを閉じた。

なぜこのノートが僕のもとへ渡ったのか、なんとなくわかった気がした。星野を救えなかった僕を、このノートが非難しているのだと思った。お前のせいで星野涼菜は死んだのだと言われている気がしてならなかった。

これ以上読み進めるのが辛くて、僕はノートを鞄の中にしまった。

大きく息をつく。星野が死んだのは、僕のせいだ。僕がもう少ししっかりしていれば、星野が死ぬことはなかった。

星野は自ら命を絶った。生きると言ってくれたのに、僕にさよならも言わずに。なのに、あの夜の星野の言葉、笑顔や涙。どれひとつをとっても僕には嘘だと思えなかった。

星野の自殺は、まちがいなく防げたはずだった。あの朝、なぜ迎えにいかなかったのだろう。

後悔ばかりが押し寄せて、心臓をぎゅっと摑まれたように胸が苦しくなる。

喉の奥が震え、鼻がつんとなってまぶたが痙攣する。しかし、どうせいつもみたいに涙は出てこないのだろう。この感覚に襲われてから、一度だって涙が溢れたことはないのだから。

やり切れない思いが込み上げ、僕は頭を掻きむしった。星野と過ごした日々を思い出しても、胸が痛んでも涙は一向に溢れてこない。こんなに悲嘆に暮れていても涙は引っこんだままだ。

悔しくて情けなくて、僕は顔を両手で覆って項垂れる。

──悲しいときこそ笑いなさい。

亡くなった母の教えが頭の中で響いた。けれど、笑うことなどできるはずもなかった。

「あああああああっ！」

公園内に誰もいないのをいいことに、僕は声を限りに叫んだ。泣けない代わりに、何度も何度も叫んだ。喉が潰れるくらい叫んでも、涙が流れることはなかった。

僕は、父の言いつけを守るべきだった。これまでどおり、誰とも関わらずに孤独に生きるべきだったのだ。あのとき僕と出会っても出会わなくても結局、星野は死ぬ運命だった。

僕が気まぐれで星野に声をかけたせいで、今、こんなに深い絶望を味わうことになってしまったのだ。

人と深く関わったところで、自分という人間はなにも変わることはないのだと強く思い知らされた。

僕たちは、最初から出会うべきではなかったのだ。

僕の涙

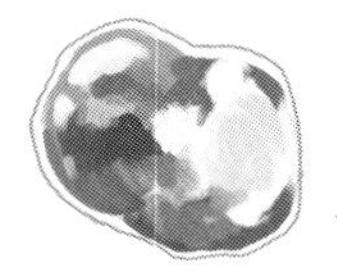

『先日の○○市の女子高生死亡事故の真相。ドライブレコーダーにばっちり映ってました。#事故の瞬間』

公園を去ろうとしたときに桃香先輩から届いたメッセージを開くと、その文字と一緒に動画が添付されていた。メッセージはない。不穏な気配を感じ取り、胸の鼓動が加速する。どうやらそれはツイッター上に投稿された動画のようだ。

僕は指を伸ばしてその動画をタップする。

撮影者、というよりその車は人通りの少ない片側一車線道路の交差点の手前で停車しているようだった。前方の信号は赤。小雨が降っているせいか視界が悪い。ワイパーがフロントガラスを綺麗にした直後、制服を着たポニーテールの少女が横断歩道を渡る姿が映し出された。

星野だ、とすぐにわかった。制服はうちの高校のものだし、なにより僕が彼女を見まちがえるわけがない。そこにはたしかに、青信号で横断歩道を渡る星野の姿があった。

しかし次の瞬間、一台のワゴン車が交差点に進入した。ワゴン車は赤信号にもかかわらず直進し、星野を撥ね飛ばして停止した。

動画はそこで終わっていた。

僕はもう一度その動画を再生し、その真実を知った。

「星野、自殺じゃなかった……」

思わず僕は、震える声でそう呟いていた。鳥肌が立ち、寒気すら感じた。

星野は、自殺なんかじゃなく、事故死だったのだ。

だからといって彼女が生き返るわけでもなんでもない。

でも僕は、星野が自ら死を選択したわけではないと知って救われた気がした。

僕は震える手で鞄の中から涙ノートを取り出し、残りのページを開く。

『私は今日、お姉ちゃんのところに行くつもりだった。でも、瀬山くんが死なないでほしいと言ってくれた。私を好きだと言ってくれた。私を支えると言ってくれた。彼の言葉は嘘なんかじゃなかった。疑ってごめん』

『瀬山くんのおかげで目が覚めた。瀬山くんは私のために死ぬと言った。彼は本気だった。お姉ちゃん、もう少し待ってて。私、やっぱり生きたい。瀬山くんとふたりで生きるって、決めた』

『遺書はゴミ箱に捨てた。もうこんなもの、私には必要ない』

『涙失病って、本当に泣いたら死んじゃう病気みたい。いつか瀬山くんを泣かせたかったけど、今度からは瀬山くんをたくさん笑顔にさせたい。私もできるだけ笑顔でいよう』

『私も瀬山くんに好きだと伝えたい。瀬山くんは私に気持ちを伝えてくれたけれど、私はなにも伝えてなかった。今すぐ気持ちを伝えたい。

生きたいと思わせてくれてありがとう。大好きだよ』

――『生きたい』と、たしかに星野は心の底から叫んでいた。

『大好きだよ』なんて言われたのも、生まれて初めてだった。僕だって大好きだ。目の奥が熱い。呼吸が乱れる。星野は自殺なんかしていない。あの日の彼女の言葉は嘘じゃなかった。星野は生きようとしていた。

僕の切実な想いは、星野の胸に届いていたのだ。それがわかっただけでも救われた気がした。しかし同時に、罪悪感に苛まれた。

僕は自分の首を絞めるように制服の胸元をぎゅっと握りしめる。

報道を鵜呑みにし、星野を責めた自分に無性に腹が立った。事故の可能性を考えず、星野を疑ってしまった自分が憎かった。僕を信じてくれたのに、星野を信じてやれなかった自分がどうしても許せなかった。

そのとき、ノートに水滴が垂れた。雨か、もしくは洟水が垂れたのだと思った。しかしよく見ると、それは青みがかった液体だった。

ぽとぽとと、ノートの紙面に水が零れ落ちる。彼女が残した言葉が消えてしまわないように、僕はそれを袖でごしごし拭いた。しかし、なぜかその液体は次々とノートに零れ落ち、紙を濡らしていく。

はっとして自分の目元に手を当てる。それはたしかに、僕の瞳から流れていた。

僕は、自分が泣いているのだとようやく気づいた。

「はは……やった……」

流れてくる液体を両手で何度も確かめ、馬鹿みたいに笑った。でもすぐに口元を歪め、声を上げて泣き喚いた。頭を抱え、叫び、僕は慟哭する。

星野は、たしかに生きようとしていた。僕の気持ちが伝わって、生まれ変わろうとしていた。それなのにどうして彼女の命が奪われなければならなかったのか。あまりにも理不尽じゃないかと、僕は神様を呪った。

——じゃあさ、瀬山くんはどんなお話なら泣けるの？
——私の夏休みの目標は、瀬山くんを泣かせることに決定しました。
——涙は、本当の自分に戻る機会を与えてくれるものなんだよ。
——これからは頑張って生きてみる。瀬山くんのために、前を向いて、精一杯生きてみたい。

星野が僕にかけてくれた言葉が次々と蘇る。流した涙の数だけ、星野の声が頭の中で反響する。誰もいない公園のベンチで、僕はひとり震えながら嗚咽を漏らす。

胸が張り裂けてしまいそうなほど苦しい。

できることなら星野に会って、もう一度好きだと伝えたい。星野のおかげで泣けたよと、お礼を言いたい。それができないのだと思うと、悔しくて涙が止まらなかった。

僕のこの涙を、星野が目にしたらどんなに喜んでくれただろう。涙失病だと告げたから、もしかしたら彼女は僕の涙を見て慌ててしまうかもしれない。でも、僕は星野とふたりで泣きたかった。

一緒に泣いて、感動を分かち合って、また泣いて、馬鹿にし合って。いつもひとりで泣いてばかりいた星野は、きっとそれを望んでいたにちがいなかった。僕が涙を失っていなければ、感情を失っていなければ、もっとふたりで涙と笑顔に溢れた日々を過ごせたのかもしれない。今さら悔やんでも、なにもかもが遅かった。

　やがて激しい頭痛に襲われた。涙失病の症状が現れたのだとわかったが、涙は止めどなく流れて僕の命を少しずつ削っていく。涙の色も次第に濃くなっていった。

　これで死んでもいいと思った。だから僕は、溢れる涙を止めようともせず、思いきり泣き叫んだ。

　体が痙攣し、目の奥が煮えたぎるように熱くなる。それまで僕の命を守っていた涙腺は崩壊し、七年分の涙を放出した。

　視界が歪み、僕は膝をついて崩れ落ちた。涙ノートを胸に抱き、僕は地面に額をつけてただただ泣く。

　次第に意識が遠のいていく。

　それでも僕は、延々と涙を流し続けた。

エピローグ

わずかな金属音が耳に届いて目を覚ました。真っ白い服を着た女性が、僕の周りを忙しなく動き回っている。ここはどこだろうと疑問に思って首を巡らせ、周囲を見回す。どこかの病院だとすぐにわかった。

なぜ僕は病院のベッドの上で眠っているのか、すぐには思い出せなかった。

「あ」と看護師の女性は僕が目覚めたことに気づき、いくつか質問をしたあと医師を呼びに行った。

徐々に記憶が鮮明になっていく。そうだ。僕は公園で星野の事故の真相を知り、涙ノートの最後のページを読んで号泣したのだ。小さじ一杯分どころではないほどの涙を流したはずなのに、僕は死んではいないようだ。星野は一瞬にして命を落としたというのに、僕はそう簡単には死ねないのかと落胆した。

医師の小難しい話をぼんやりした頭で聞いたあと、父が病室にやってきた。

「慶、よかった。本当によかった」

父が泣きながら僕の肩を叩く。父が泣いている姿を見たのは初めてだった。

母が亡くなったときも、父は泣かなかった。見えないところで泣いていたのかもしれないが、涙失病の僕を気遣って僕の前で父が泣いたことは一度もない。強面で怒り以外の感情をあまり見せない父が涙している姿は新鮮で、まさに鬼の目にも涙だ。

父は一時間ほど僕の病室に居座ったあと、仕事に戻っていった。

どうやら僕は二日間眠っていたらしい。熱は一時、四十度まで上がったが、今は下がり、様子を見て問題がなければ明日には一般病棟に移されるそうだ。どうして僕は生き長らえることができたのか、後日僕の涙を詳しく検査すると医師は言った。

携帯を見ると充電が切れていたので、仕事が終わった父に充電器を持ってきてもらい、電源を入れた。桃香先輩から僕を心配するメッセージが何通も届いていた。

僕は桃香先輩に生きていると連絡をしてから、彼女が送ってくれたメッセージのひとつに注目した。

『涼菜の事故、あの動画のとおり、やっぱり自殺じゃなかった！』

その言葉と一緒に貼られたニュース記事のＵＲＬ。

記事に飛ぶと、例の動画が決め手となり、危険運転致死傷罪の容疑で運転手の聴取を進めているとのことだった。

星野が戻ってくるわけではないが、この記事を読んで胸がすっと軽くなった気がした。記事のコメント欄も事実を歪曲した運転手を非難し、星野に同情する言葉で溢れている。

僕の目から、またひと粒涙が流れた。

およそ一週間後、僕はいくつもの検査を終えて退院した。

検査の結果、涙失病患者特有の、涙に含まれている酸性の成分が薄まっていたらしく、それによって僕は生還できたのではないかとのことだった。なにか心当たりや変化はなかったか問われ、僕は頻繁に目の奥が沸々と煮えたぎるような感覚があったと医師に話した。

涙腺でつくられた涙はたとえ流れなかったとしても、涙点を通って鼻涙管に吸収される。確証はないが、それを繰り返したことによって酸性の成分が弱まった可能性があると医師は言った。

涙失病は涙を体外に排出することで発熱する。しかし僕の目の奥に溜まった涙は排出されず、体内に吸収された。もしかするとそれが功を奏したのではないかと。

その後も難しい専門用語を交えて医師は僕に長々と説明してくれたが、ほとんど頭に入ってこなかった。とにかく今まで見られなかった例らしく、僕は今後も精密な検査を続けていくこととなった。

もし医師の仮説が正しかったとしたら、星野が何度も僕の涙腺を刺激してくれたおかげで、僕は死ななかった。僕は間接的に星野に救われたのかもしれない。

その後僕は週に一度は通院し、治療を続けた。

桃香先輩はまだ入院しており、映画研究部の活動は停止中だ。星野がいなくなった教室にまだ慣れなくて、僕は時々彼女を思い出して涙した。

が、しばらく通院した結果、医師から普段の生活で多少の涙を流しても問題はないと言われた。実際、涙を流すと微熱は出るけれど、倒れるほどではなかった。涙の色も透明に近い色に変わっていた。

僕は毎晩映画を視聴していった。涙ノートの冒頭から順に。星野のコメントに突っこんだり共感したりしながら。やがて一緒に観た作品に辿りつくと、あのときの星野の泣き顔が浮かんで、僕はまた泣いた。

三月の中旬に桃香先輩は無事退院し、春からは僕と同じ高校三年生になることが決まった。四月からは桃香先輩とふたりで部活を再開しようと話した。

月末に書店に出向くと、偶然古橋の姿を見つけた。彼は『一毫の涙』を手に取り、じっと表紙を見つめている。そしてそれをレジに持っていった。

僕は会計を済ませた古橋に声をかける。

「古橋、久しぶり」

「えー！　瀬山じゃん。久しぶり。ちょうど飯食いに行こうと思ってたんだけど、瀬山も行こうぜ」

　いつもと変わらない調子の古橋で安心した。僕らは書店を出て、すぐ隣にあったファストフード店へ入る。

「さっきちらっと見えたんだけど、古橋が買った本って『一毫の涙』だよな。それ、この前僕も読んだよ」

　買ってきたハンバーガーを食べながら訊ねる。妹を涙失病で亡くした古橋があの小説を手に取るなんて意外だと思った。

「あ、バレたか。実は前から気になっててさ。作者の人も涙失病だって知って、読んでみたくなったんだ」

「そうなんだ。けっこう面白かったよ」

「最近さ、こういう泣ける系の本とか映画で、泣けるようになってさ。前はちっとも泣けなかったのに、あのイベントで怒りを爆発させてから自然と涙が出るようになったんだ。不思議だよな」

　ハンバーガーを頬張りながら古橋は快活に言った。おそらくあのイベントの日の出来事をきっかけに、彼の中で眠っていた感情が目を覚ましたのだろう。そもそも古橋という人間は、もともと感情表現が豊かな人間だったはずだ。短い付き合いの僕にもそれはわかる。今まで彼は、喜怒哀楽の哀の感情だけがすっぽり抜け落ちていたにちがいない。

「春休みに映画観にいかない？　泣けるやつなんだけど、俺が瀬山のこと泣かせてやるからさ。気持ちいいぞ、涙を流すのって」

「うん、いいね」

「よし、決まりだな」

古橋の言葉が星野の言葉と重なって、目頭が熱くなった。彼に涙失病のことを話そうか迷ったけれど、やめておいた。もう回復に向かっているし、今さら言う必要もない。

その後、映画だけでなく感涙イベントに行く約束もした。彼はだいぶ反省しているようで、スタッフや参加者たちに謝りたいと話していた。


そして春がやってきた。僕はその日、星野が眠る墓地に来ていた。退院して体調が万全となった桃香先輩と一緒に。

彼女は来る途中で買ったガーベラという花を両手に抱えて、「あ、あれだね」と指を差す。星野の好きな花だそうだ。

そういえば僕は星野の好きな花も、好きな食べものも知らないのだなと少し寂しくなった。

桃香先輩は花を抱えたまま、じっと墓石を見つめている。長い髪が風になびいて顔にかかり、表情は窺えなかった。

「瀬山くんは、もう慣れた?」

「なにがですか?」

墓石に汲んできた水をかけながら僕は聞き返す。

「んー、涼菜がいなくなった世界に、かな」

桃香先輩は花立てに花を挿し、線香に火を点ける。僕も彼女に続き、しゃがんで手を合わせた。

「全然慣れないです。昨日も夢に出てきましたよ。夢の中の僕は星野が生きてると思ってて、普通に接するんです。また泣いてるのか、なんて話して。でも、目を覚ましたら星野はどこにもいない。彼女の不在を思い知らされて、また胸が苦しくなる。その繰り返しです」

桃香先輩は、「私もおんなじ」とぽつりと言った。

しんみりとした空気が流れる。

「涼菜、瀬山くんの夢の中でも泣いてるんだね。ほんと、泣き虫だよね」

桃香先輩は微笑みながら涙を流した。一年前の僕は人の涙を見るたびに不思議に思っていたが、今はちがう。人が生きるうえでは当たり前のこと。悲しい涙や嬉しい涙。悔し涙に喜びの涙。僕もこれからは星野のように、人前であろうと思う存分涙を流そうと思った。

泣いてもいいんだよと、星野は僕にそう教えてくれた。どんな涙でも、いつか自分の力となって戻ってくるのだと。

「あ、泣いてる。私、瀬山くんの涙を見たの、初めてかもしれない」

桃香先輩に言われて初めて、僕は自分が泣いていることに気づいた。星野の前で涙を流すのも、これが初めてだった。

「涼菜も喜んでると思うよ。瀬山くんの涙を見られて」

「やめてくださいよ」と言いながら笑ったが、涙は止めどなく溢れ、僕の視界を奪っていく。星野の前で倒れるわけにはいかないので、僕はこれ以上流すまいと必死に涙を堪える。でも、涙が止まることはなかった。

「そんなに泣いて大丈夫？」

「大丈夫です。最近は泣いてもそんなに熱は上がらないし、解熱剤もあるんで」

言いながらも涙は流れ続ける。桃香先輩がハンカチをくれて、目元をごしごし拭いた。

「涼菜は、瀬山くんに出会えて幸せだったと思うよ。瀬山くんがいなかったら、涼菜は自殺していたと思う。絶望の中にいた涼菜の心を、瀬山くんは救ったんだよ」

幼い子どもをあやすような口調で桃香先輩は言った。僕は声を詰まらせながら頷いた。

「桃香先輩、知ってますか。泣くっていう漢字は、さんずいに立つと書くんです。どんなに悲しい涙を流したとしても、人は何度でも立ち上がれる。……なんて、いつか星野が言ってた言葉なんですけどね。その言葉を胸に、僕は星野の分まで生きていきます」

そうだね、と呟いて桃香先輩は目尻の涙を指で拭った。

この先星野を思い出して、涙に暮れる日があるかもしれない。それでも、心が折れたとしても、何度でも立ち上がって生きていこう。

「帰ろっか。涼菜の家に寄ってこう」

「はい」

僕は涙を拭い、来た道を戻る。少し歩いて、一度振り返る。

水に濡れた墓石の表面を、水滴がひと筋きらめきながら滑り落ちていく。

また泣いてんのかよ、と僕は涙をこらえて心の中で笑った。

あとがき

学生の頃に交際していた女性が自傷癖のある方でした。手首の痛々しい傷を見て心を痛めましたが、それだけに留まらず、何度も自殺未遂をしたことがあると打ち明けられました。

未熟だった僕はどう返事をしていいかわからず、ただ彼女の話に相槌を打つことしかできませんでした。

いつしかすれちがい、お別れすることになりましたが、その後彼女がどうなったのかはわかりません。

あのとき僕は彼女にどういう言葉をかけて、どう接してやればよかったのか。潜在的に当時を意識して書き進めていた部分もあったかもしれません。本作の結末は最初から決まっていましたが、書きながらなんとか結末を変えられないだろうかと頭を捻ったのは初めての経験でした。

本作の執筆中、世の中は多種多様な涙で溢れているのだなぁ、としみじみ思いました。

　主人公の瀬山のように、僕も涙とは無縁の人生を歩んできたように思います。僕も彼と同じく、涙を否定的に捉えている人間のひとりでした。人前で泣くのは絶対に避けたいし、男は泣くものではないと。

　今回、涙について少し勉強しました。涙に関する書籍を読んでみたり、涙ソムリエなる資格を取得してみたり。

　調べれば調べるほど興味深く、少しずつ涙に対するネガティブな印象が覆っていきました。

　人はなぜ泣くのか。涙する理由とはなにか。物語を書き進めていく中で、僕自身もその答えを知りたくなりました。

　僕は気分転換によく音楽を聴きながら散歩をするのですが、そのときも涙がテーマの曲を聴いたり、泣ける映画や本に積極的に触れてみたり、執筆の合間にとにかく涙について思いを巡らせました。

　僕の人生において、これほど泣くという行為や涙について思索に耽ることなど後にも先にもないだろうなと思います。

　でも、本作を書き終えて、ひとつの答えを見つけたような気がします。とはいえ自分の中で納得しただけであって、高尚なものでもないのであえて明記しませんが、涙は生きるうえでなくてはならないものなのだなと、恥ずかしながら登場人物たちに学ばせてもらいました。

皮肉な話なのですが、改稿作業をしているときにドライアイになってしまい、目が乾いて涙が不足する事態に陥ったりもしました。しばらく目薬を手放せない生活が続いていましたが、書き終えた頃には不思議と改善していました。

まさか僕自身も涙を失うことになるなんて、と驚きつつ、これはあとがきのネタになるなと、ほくそ笑んだりもしました。

そういう小話も挟みつつ、毎回になりますが一応今回も書いておきます。

シリーズ四作目になりましたが、本作からお手に取っていただいても問題ありません。ですが前作の『余命88日の僕が、同じ日に死ぬ君と出会った話』を先に読んでおくとより楽しめる内容になっております。

ぜひそちらも読んでいただけると嬉しいです。

謝辞

担当編集の末吉さん。鈴木さん。今回も大変お世話になりました。いつも適切な指摘やアドバイスをありがとうございます。

よめぼくシリーズの装画を担当してくださっているイラストレーターの飴村さん。今回も素晴らしすぎる表紙を描いてくださってありがとうございました。今後もよろしくお願いいたします。

ほかにもこの作品に携わってくださったすべての皆様。この場をお借りして感謝を申し上げます。

そしていつも応援してくださる読者の皆様にも感謝です。

また次の作品も手に取っていただけると嬉しいです。これからも頑張ります。

森田碧

主な参考文献

『改訂版 涙腺の涙の分泌 いったい「涙＝泪」はどのようにして血液側から結膜側へ分泌されるのか』 吉川太刀夫著（文芸社）
『涙活力』 吉田英史著（玄文社）
『涙の理由　人はなぜ涙を流すのか』 重松清著　茂木健一郎著（宝島社）

本書はフィクションであり、実在の人物および団体とは関係がありません。

余命0日の僕が、死と隣り合わせの君と出会った話

森田碧

2023年6月5日初版発行
2024年4月23日第5刷
発行者……………加藤裕樹
発行所……………株式会社ポプラ社
〒141-8210 東京都品川区西五反田3-5-8
JR目黒MARCビル12階
フォーマットデザイン 荻窪裕司(design clopper)
組版・校閲 株式会社鷗来堂
印刷・製本 中央精版印刷株式会社

ポプラ文庫ピュアフル

ホームページ www.poplar.co.jp

N.D.C.913/265p/15cm
ISBN978-4-591-17813-3
P8111357

シリーズ30万部突破のヒット作!!
切なくて儚い、『期限付きの恋』。

森田碧

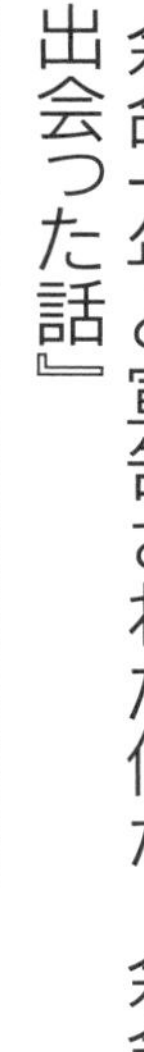

『余命一年と宣告された僕が、余命半年の君と出会った話』

装画：飴村

高1の冬、早坂秋人は心臓病を患い、余命宣告を受ける。絶望の中、秋人は通院先に入院している桜井春奈と出会う。春奈もまた、重い病気で残りわずかの命だった。秋人は自分の病気のことを隠して彼女と話すようになり、死ぬのが怖くないと言う春奈に興味を持つ。自分はまだ恋をしてもいいのだろうか？　自問しながら過ぎる日々に変化が訪れて……。淡々と描かれるふたりの日常に、儚い美しさと優しさを感じる、究極の純愛。

ポプラ文庫ピュアフルの好評既刊

シリーズ30万部突破のヒット作!!
ラストのふたりの選択に涙する……。

森田碧
『余命99日の僕が、死の見える君と出会った話』

装画：飴村

人の寿命が残り99日になると、その人の頭上に数字が見えるという特殊な能力を持つ新太。あるとき、新太は自分の頭上と、文芸部の幼なじみで親友の和也の上にも同じ数字を見てしまう。そんな折、文芸部に黒瀬舞という少女が入部し、ふとしたきっかけで新太は、黒瀬もまた死期の近い人が分かることに気づく。ひたむきに命を救おうとする黒瀬に諦観していた新太も徐々に感化され、和也を助け、自分も生きようとするが……？

森田碧が贈る、切なくて儚い物語
「よめぼく」シリーズ第3弾！

森田碧
『余命88日の僕が、同じ日に死ぬ君と出会った話』

装画：飴村

高二の崎本光は、クラスの集合写真を興味本位で〝死神〟に送り、自分と人気者の浅海莉奈の余命が88日だと知る。友人もおらず、ある悩みから既に人生に見切りをつけている光は落ち込むこともなかったが、なぜ彼女と同じ日に死ぬ運命なのかが気になった。やがて一緒に水族館へ実習に行き、浅海が深刻な病を抱えていると知って――。

森田碧が贈る、「よめぼく」シリーズ第3弾！　驚愕のラストに涙が止まらない……究極の感動作！

僕らの恋にはタイムリミットがある。
衝撃のラストに涙が止まらない!!

優衣羽
『僕と君の365日』

装画：爽々

毎日を無難に過ごしていた僕、新藤蒼也は、進学クラスから自ら希望して落ちてきた美少女・立波緋奈と隣の席になる。が、その矢先「無彩病」――色彩が失われ、やがて死に至る病になったと知り、自暴自棄になってしまう。すると緋奈は「あなたが死ぬまで彼女になってあげる」と言ってきて……。僕と君の契約のような365日間の恋が始まった。衝撃のラスト、驚きと切なさがあなたを襲う！心が震える、最高のラブストーリー!!

シリーズ累計20万部突破!!
一気読み必至！　著者渾身の傑作。

いぬじゅん
『この冬、いなくなる君へ』

装画：Tamaki

文具会社で働く24歳の井久田菜摘は仕事もプライベートも充実せず、無気力になっていた。ある夜、ひとり会社で残業をしていると火事に巻き込まれ、意識を失ってしまう。はっと気づくと、篤生と名乗る謎の男が立っており、「この冬、君は死ぬ」と告げられて……？　ラストのどんでん返しに衝撃と驚愕が待ち受ける、究極の感動作！　著者・いぬじゅんの累計20万部突破の大人気「冬」シリーズ、1作目。